31

ÜBER DIE AUTOREN

Charlotte Förster und Justus Loring arbeiten als freie Journalisten und leben im Epizentrum des modernen Spießertums – Berlin-Prenzlauer Berg. Sie verabscheuen Rauhfasertapete, Discounterlebensmittel und Krieg.

CHARLOTTE FÖRSTER & JUSTUS LORING

TROPEN

SACHBUCH

DER MODERNE SPIESSER

Willkommen zu Hause

VON

Charlotte Förster und Justus Loring

Norderney, im Oktober 2013

Spießer – das sind natürlich immer nur die anderen. Aber stimmt das wirklich? Sind wir nicht alle ein bißchen spießig? Wenn wir zum Beispiel darauf beharren, daß Mallorca auch schöne Ecken hat, Aldi-Champagner gar nicht schlecht ist und man sich gute Filme am besten im Originalton ansehen muß? Wenn wir uns über das Englisch des Zugbegleiters aufregen und aus Mülltrennung eine Religion machen? Wenn wir unsere SMS mit Smilies schmücken und halbstündige Referate darüber halten können, wie irrsinnig praktisch Wassersprudler sind? Wir – selbst zwei bekennende Neospießer – haben uns die Mühe gemacht, diese Welt in all ihren Facetten zu beleuchten. Haben in Biomärkten und Kitas recherchiert, uns unter Modebloggern und Manufactumkunden

umgesehen, haben Hunderassen analysiert und Kleiderschränke durchforstet. Wir wollten herausfinden, wie ein perfektes Spießerwochenende aussieht und welche Spießer die Weltgeschichte beeinflußt haben. Herausgekommen ist ein Bestimmungsbuch, in dem sich jeder moderne Spießer wiederfindet. Und damit die meisten von uns. Gartenzwerge mögen genauso aus der Mode gekommen sein wie die gehäkelten Klopapierrollenschoner auf der Ablage eines frisch gewaschenen Autos. Aber im Bioladen und im Yogakurs, beim Bahnfahren oder im Büro, an Weihnachten und im Urlaub zeigt sich, wer die wahren Erben von Ekel Alfred sind: wir. Denn was ist spießiger? Tennissocken in Sandalen zu tragen – oder sich darüber zu mokieren? Ist ein Hackbraten wirklich spießiger als ein minutiös nachgekochtes Thunfischcarpaccio aus einem Jamie-Oliver-Kochbuch? Ist Golfspielen piefig oder letztlich doch nichts anderes als eine Trendsportart wie Frisbee-Golf? Sie sehen schon: Ein unspießiges Leben ist im Grunde unmöglich. Also machen Sie sich locker, schenken Sie noch mal von dem guten Tröpfchen nach und haben Sie viel Spaß beim Lesen.

Denn es gibt sie noch, die guten Bücher.

Inhalt

KAPITEL I

WAS EINEN ECHTEN SPIESSER AUSMACHT

Einst war der Spießer das, wovor die 68er warnten und wogegen sie agierten: Nieder mit den Schrebergartenzäunen, hört auf, eure Autos jeden Samstag zu waschen! Raus mit den Kacheltischen, runter mit den Häkelgardinen und sexuelle Befreiung für alle. Doch die Liberalisierung diente letztlich nur einem Zweck: den überholten 50er-Jahre-Spießer loszuwerden, um Platz für die neue Generation zu schaffen.

MAL GANZ UNTER UNS

32 Sätze, die Spießer ein bißchen zu oft sagen

„Endlich mal eine Energiesparlampe, die ein schönes Licht macht!"

„Also ich zahle gerne GEZ."

„Wenn man liest, was in Supermarkt-Sushi alles drin ist ..."

„Das Hinterland Mallorcas hat wirklich schöne Ecken."

„In den Talkshows bei Jauch und Co. sitzen doch immer dieselben Typen!"

„Tut mir leid, aber das geht in meinen Augen GAR nicht …"

“
Der Helmut Schmidt
läßt sich das Rauchen nicht
verbieten. Kauzig, aber
irgendwie sympathisch ...
”

... den mußt du dir unbedingt auf Englisch anschauen.

“
Dieses Jahr schenken
wir uns nichts.
”

“
Gibt es das auch zuckerfrei?
”

“
Ich war in der
Schule immer eine totale
Niete in Mathe.
”

“
Man fragt sich schon,
warum sie im Ausland
einfach kein vernünftiges
Brot hinbekommen.
”

“
Es geht einfach nichts
über das kleine Fachgeschäft
an der Ecke, auch wenn
es zwei Euro teurer ist. Dafür
wird man beraten.
”

... keine Angst, der will nur spielen!

“
Stell Dir mal
vor: Rauh-fa-ser-tapete!
”

“
Herrlich, diese hohen Decken!
”

... das hat bei Stiftung Warentest aber nicht sonderlich gut abgeschnitten.

“
Filterkaffee ist angeblich
wieder in.
”

“
Für Flugmeilen
bekommt man heutzutage
leider gar nichts mehr.
”

“
Kinder heutzutage
können ja nicht mal mehr
rückwärtslaufen.
”

“
Wenn du dir die
Apple-Sachen in den USA kaufst,
sind sie ein
ganzes Stück billiger.
”

“
Eine Therapie zu
machen ist heutzutage zum
Glück nicht mehr
so ein Tabu wie früher.
”

“
Im Discounter würde
ich niemals einkaufen –
wobei der Aldi-Champagner
wirklich gut ist.
”

“
Das Essen getrennt
zahlen ist echt so was
von typisch deutsch –
wollen wir die Rechnung
nicht einfach
durch vier teilen?
”

“
Das Englisch
in den Durchsagen der Bahn –
zum Fremdschämen.
”

“
Ich geb dir mal die
Nummer von meinem Arzt,
der ist wahnsinnig gut.
”

“
Ein Psychologiestudium
hätte ich mir auch
gut vorstellen können.
”

“
Die Lebkuchen stehen
auch jedes Jahr früher in den
Supermarktregalen.
”

… schön hier. Nicht so touris-tisch.

“
Bahnfahren dauert
gar nicht so viel
länger, wenn man die
Fahrzeit zum
Flughafen und
die Sicherheitschecks
mit einrechnet.
”

“
Due espressi per favore.
”

“
Sorry, aber ‚espressi‘
sagt man im Italienischen
eigentlich gar nicht.
”

„Aha, die erwarten wieder mal Gäste!"

MIT SPIESSIGEN NACHBARN LEBEN

Spießer sind auch die anderen

Der Lärmi

Mal ist er DJ und muß frühmorgens, wenn er nach Hause kommt, unbedingt laut Musik hören, um „endlich runterzukommen“. Mal ist er ein normaler Angestellter, der abends Filme auf seiner Heimkinoanlage guckt und mit den Explosionen und MG-Salven seiner Actionfilme die Wände zum Wackeln bringt. Manchmal ist die lauteste Einheit eines Mietshauses auch ein Paar, das so ohrenbetäubend lauten Sex hat, daß die Kinder der → Familie zwei Etagen tiefer vor Angst („stürbt die Frau jetz?“) anfangen zu weinen.

Jedes Haus hat seinen Lärmi. Höflich vorgetragene Bitten, das Tun einzuschränken, quittiert der Lärmi mit einem verständnisvollen „Jaja", ändert aber rein gar nichts an seinem Verhalten. Für ihn sind alle anderen im Haus „riesige Spießer" – er selbst regt sich dafür sofort auf, sobald jemand im Fahrradraum „seinen" Platz belegt oder Grillrauch auf seinen Balkon zieht. Das einzig Positive: er eint alle anderen Hausbewohner, in dem er ihnen ein gemeinsames Feindbild liefert.

So sieht die Fußmatte aus:
Das St.-Pauli-Logo mit Totenkopf

Die Gemeinsschaftssinnige

Für sie sind Nachbarn mehr als nur die Idioten, die mit ihren Kinderwagen das Treppenhaus vollstellen, den Müll falsch trennen und einen um den Schlaf bringen. Sie sieht den Menschen hinter dem Klingelschild, das Individuum hinter dem „Bitte keine Werbung"-Aufkleber auf dem Briefkasten. Deshalb versucht sie immer wieder Hof- oder Straßenfeste zu organisieren, „damit man sich mal besser kennenlernt". Leider meldet sich auf ihre Aushänge hin niemand. Nur in seltenen Fällen – zum Beispiel, wenn ein Schwelbrand im Keller alle Hausbewohner auf die nächtliche Straße zwingt –, ist die Gemeinschaftssinnige erfolgreich. Dann holt sie geistesgegenwärtig Pappbecher und Prosecco, Erdnüsse und Salzstangen aus ihrer Wohnung, macht fröhlich zwischen den pyjamatragenden Nachbarn die Runde und schenkt nach. Rückt die Feuerwehr schließlich ab, sind alle erleichtert – nur im Augenwinkel der Gemeinschaftssinnigen sammelt sich eine kleine Träne.

So sieht die Fußmatte aus:
Eine Krone, darunter in Schnörkelschrift: „My Home Is My Castle"

Der Revoluzzer

Der Revoluzzer befindet sich im ständigen Krieg mit dem System.

Ob es die Telekom ist, die kein ultraschnelles DSL in seiner Straße bereitstellt, oder die Stadt, die den Friedhof gegenüber („diese Ruhe!") verkauft und als Bauland ausgewiesen hat – der Revoluzzer findet immer einen Mächtigen, dem es die Stirn zu bieten gilt. Sein Lieblings-Sparringspartner im Zanken ist natürlich der Vermieter beziehungsweise die Hausverwaltung. Da sind zu wenig Fahrradstellplätze vorhanden, da werden zu viele Nebenkosten auf die Mieter abgewälzt und falsch abgerechnet – der Revoluzzer kommt jedem Mißstand auf die Schliche. Er braucht jemanden, über den er sich aufregen und von dem er sich unfair behandelt fühlen kann, es gehört zu seinem Weltbild. Die strategischen Allianzen, die er bisweilen mit der → Gemeinschaftssinnigen eingeht, um die „Hausgemeinschaft mal aufzurütteln aus ihrer satten Selbstzufriedenheit", sind stets nur von kurzer Dauer.

So sieht die Fußmatte aus:

Das Konterfei von Che Guevara – natürlich auf Biokokosmatte

Der Gartennachbar

Nur weil der Sicherheitsabstand ein wenig größer ist, heißt das nicht, daß man dem Nachbarn im Einfamilienhaus auf dem Lande entgehen kann. Statt im Fahrradkeller, über die Balkonbrüstung hinweg oder vor den Briefkästen, entzündet sich der nachbarschaftliche Streit dann am Frontzaun. Dem einen ragen Fremdäste zu weit ins eigene Hoheitsgebiet und sorgen dort im Herbst für ein Flächenbombardement aus Laub. Dem anderen wirft die fünf Meter hohe Tanne des gegenüberliegenden Gartens einen unzumutbar großen Schatten auf die eigene Pergola. Der Laubbläser macht zuviel Krach. Der Komposthaufen bestinkt bei Westwind die nachbarliche Terrasse. Irgendwas, mit dem man das nächste Nachbarschaftstreffen der Neubausiedlung am Finkenweg beschäftigen kann, findet sich immer.

So sieht die Fußmatte aus:

„Vorsicht vor dem bißchen Hund!"

Der Müllnazi

Mit Argusaugen beobachtet der Müllnazi, wer seine Kartonagen nicht ordnungsgemäß zerkleinert oder sich gar erdreistet, Altglas in die gelbe Tonne zu werfen. „Es ist doch wirklich nicht so schwer“, lautet einer seiner Lieblingssätze in den Aushängen, mit denen er versucht, seine Nachbarn zur Müllordnung zu rufen. Ein anderer: „Mit höheren Nebenkosten für Müllabfuhr etc. ist niemanden gedient!!!“ (Was einen der anderen Nachbarn – meist den Lärmi – dazu veranlaßt, das „niemanden“ in „niemandem“ zu korrigieren und um: „Lern erst mal schreiben!“ zu ergänzen.) Fruchten die Aushänge nichts, ist der Müllnazi sich nicht zu schade, seine Erziehungsmaßnahmen zu ändern: Statt Zettel aufzuhängen, steckt er den Müllsündern nun falsch entsorgte Joghurtbecher und Bananenschalen in den Briefkasten.

So sieht die Fußmatte aus:

„Willkommen bei den Hornungs“ in der Schriftart Comic Sans

Die Familie

An ihrer Wohnungstür hängt ein aus Salzteig gefertigtes Schild: „Hier wohnen Leonie, Niklas, Luca, Wolfgang und Susanne“. Jeder der Nachbarn hat sich schon mehrere blaue Flecken an den Kinderwagen geholt, die sie stets

an den unübersichtlichsten Stellen des Treppenhauses abstellen. Dafür nimmt die Familie geduldig die DHL-Pakete für das ganze Haus entgegen, schließlich ist fast immer jemand da. Klingelt man bei ihnen, um die Amazon- oder Zalando-Schätze abzuholen, riecht es im Flur vor ihrer Wohnung stets nach einer Mischung aus Kartoffelbrei, Windeln und Fischstäbchen.

So sieht die Fußmatte aus:
ein Pettersson-und-Findus-Motiv, größtenteils verdeckt von Bergen kleiner Gummistiefel und Laufräder

BIN ICH EIN NEO-SPIESSER?

24 Indizien dafür, daß man es mit einem Spießer zu tun hat.

1.

Wenn sie in Gummistiefeln über Parkwiesen stapft und „Oskar“, „Jasper“ oder „Anton“ brüllt, sind weder ihr Sohn noch ihr Mann gemeint.

2.

„Oskar“, „Jasper“ oder „Anton“ erkennt man an seinem Appenzeller-Halsband. Manchmal auch an seinem nassen Fell und der Stockente, die er aus dem Weiher im Stadtpark gefischt hat.

3.

Er kann eine ganze Reihe lustiger Anekdoten aus dem ruhmreichen Leben seiner Verwandten erzählen – Onkel Friedrichs Begegnung mit einem Lawinenhund am Piz Buin, Tante Margarets nächtlicher Nacktbadeausflug im Teich des Golf-Clubs, Papas Rauswurf aus Salem – aber hat selbst noch nichts Wesentliches erlebt.

4.

Offiziell trauert sie bis heute dem Pony nach, das sie nie bekommen hat. Inoffiziell schwärmt sie seit 20 Jahren für den Polospieler Ignacio „Nacho“ Figueras. Ihre Tochter muss deswegen Reitstunden nehmen.

5.

Er weiß nicht nur, daß ein gesticktes Fred-Perry-Logo auf einem Hemd üblicherweise 2,8 Zentimeter breit ist, sondern kann ein echtes von einem gefälschten auch ohne Lupe und Maßband unterscheiden.

6.

Er ist stolz darauf, mit Karl-Theodor zu Guttenberg auf Facebook befreundet zu sein, und hält dessen Seite für „gut bestellt“.

7.

Er hat seit drei Jahren eine Midlife-crisis, aber kann sich nicht entscheiden, ob er lieber eine Galerie eröffnen oder sich mit einem Biowein-Lieferservice selbständig machen soll.

8.

Seit Monaten beklagt sie sich, daß die Dachgeschoßwohnung in der Innenstadt und nicht im Grünen liegt. Um die Ranunkeln auf der Terrasse umzutopfen, engagiert sie trotzdem einen Gärtner.

9.

Ihre Kinder heißen: Elisa und Wilhelm oder Philippa (Pippa) und Alexander. Unabhängig davon, ob die Vornamen aus der jüngeren oder älteren Adelsgeschichte stammen, verhält sich der Nachwuchs wie der kleine Lord bzw. die kleine Lady.

10.

Er besitzt ein iPhone (privat) und einen Blackberry (beruflich). Trotzdem steht auf seinem Schreibtisch ein Rolodex, in dem höchstens noch Platz für die Visitenkarte von Josef Ackermann ist. Wer viele Freunde hat, sollte das auch zeigen, nicht?

11.

Er macht zuweilen Witze darüber, daß die Enten im Park versuchen, seine Frau zu füttern. Wenn sie in der Nähe ist und den Witz hört, führt das dazu, daß er eine neue Birkin kaufen muss.

12.

Beide glauben fest daran, daß die Ausbildung in einem elitären Internat jeder anderen Schulform vorzuziehen ist. Wie sollten engagierte Eltern sonst die Zeit finden, den Sommer auf einem Segelboot vor den griechischen Alkyoniden zu verbringen? Etwa mit Kindermädchen an Bord?

13.

Sie verteidigt ihr Hausfrauendasein damit, dass Frauen es erwiesenermaßen in geschlossenen Räumen 2 Grad wärmer mögen als Männer: „Kein Wunder, daß ich so gern am Herd stehe. Haha."

14.

Auf Familienfotos hat sie entweder ihren Kopf auf seiner Schulter oder die Hand auf seinem Arm liegen. Die Kinder sind nach Größen geordnet, der Hund ruht vorne quer.

15.

Sie hat die Handynummer ihres Chiropraktikers, ihrer Yogalehrerin, ihrer Frauenärztin und ihrer Kosmetikerin auf Speed-Dial im Handy. Gegen einen Strauß Teerosen (nicht unter 40 Euro) gibt sie die Handynummer ihres Dermatologen weiter, der mit seinen diskreten Botox-Injektionen immer richtigliegt.

16.

Sie sagt nach dem zweiten Gang: „Vielleicht möchten die Männer jetzt eine Zigarette rauchen? Mädels, ihr kommt mit in die Küche."

17.

Er besteht darauf, dass seine TAG Heuer nur so viel gekostet hat,

weil diese so außerordentlich gut verarbeitet ist. Auf die Wasserdichtigkeit bis 30 ATM legt er besonders viel Wert – auch wenn er höchstens mal mit der Luftmatratze und einem Glas Pimm's No. 1 im Pool der Fitneßkette „Holmes Place" anzutreffen ist.

18.

Sie ist bis heute stolz darauf, ihre Kinder zu Hause geboren zu haben: „wie meine Mutter und Großmutter und so diskret, daß die Nachbarn nichts davon mitbekommen haben."

19.

Er hat die CDs von Roxy Music im Regal von Hellgelb nach Dunkelblau geordnet. Wenn er am Ende des Abends anfängt, betrunken „Avalon" zu summen, tätschelt sie ihm den Arm.

20.

Jedes Jahr kurz vor Weihnachten denkt sie darüber nach, wieder in die Kirche einzutreten. Aber die Steuerersparnis ist ihr dann doch wichtiger.

21.

Sie ist untergewichtig und findet, daß es nie schaden kann, nach dem Frühstück aufzustehen, das Mittagessen auf das Abendbrot zu verschieben und vor dem Abendbrot ins Bett zu gehen.

22.

Sie ist nie zufrieden mit der Putzfrau. Vermutlich ist das der Grund, warum sie nach zwei Jahren immer noch nicht weiß, ob diese Agata oder Agneta heißt.

23.

Auch ihre Tochter achtet auf ihr Gewicht. Den Klavierlehrer stört, daß das Kind regelmäßig mit den Fingern zwischen den Tasten steckenbleibt.

24.

Sie kauft nicht im Bioladen, weil der „immer so überlaufen“ ist und man „bei Massenware sehr vorsichtig sein sollte“. Statt dessen geht sie ins Reformhaus oder läßt sich die Lebensmittel von ihrem Händler nach Hause liefern.

Vorbilder …

Die 20 möglicherweise am wenigsten spießigen Menschen der Welt

VIRGINIA WOOLF
Schriftstellerin

GG ALLIN
Musiker und Performancekünstler

KLAUS LEMKE
Regisseur

CHARLIE SHEEN
Schauspieler

SUE MENGERS
Hollywoodagentin

J. D. SALINGER
Schriftsteller und Phantom

„DAGOBERT“
Kaufhaus-Erpresser

NELSON MANDELA
Politiker

NINA HAGEN
Sängerin und professionelle Skandalnudel

TOM WOLFE
Schriftsteller

CHRISTOPH SCHLINGENSIEF
Regisseur

AMELIA EARHEART
Pilotin

ANDRÉ 3000
Hip-Hop-Musiker und Stil-Ikone

SANDRA LERNER
Unternehmerin

MAE WEST
Schauspielerin

MARTIN WALSER
Schriftsteller

OTTO VON BISMARCK
Politiker und Helmträger

MAURICE SENDAK
Kinderbuchautor

HELMUT BERGER
Schauspieler

STEVE JOBS
Apple-Gründer

… und Feindbilder

Die 20 höchstwahrscheinlich spießigsten Menschen der Welt

CAMPINO
Rocksachverständiger

BETTINA WULFF
ehemalige deutsche First Lady

MARKUS LANZ
Fernsehmoderator

CEM ÖZDEMIR
Grünen-Politiker

WLADIMIR PUTIN
Politiker und Halbnacktmodell

BASTIAN SICK
„Sprachpapst"

SEBASTIAN KORBINIAN FRANKENBERGER
Initiator der Volksabstimmung zum bayrischen Rauchverbot

CHARLOTTE ROCHE
„Skandalautorin"

THOMAS D
Hip-Hop-Kommunarde

NATALIE PORTMAN
entzückende Schauspielerin

STEFAN RAAB
Fernsehmacher mit T-Shirt unterm Hemd

WOLFGANG THIERSE
Berliner Bartträger

ECKART V. HIRSCHHAUSEN
Kabarett-Allzweckwaffe

KATJA RIEMANN
Filmdiva

GÜNTHER NETZER
Exfußballprofi, dabei aber überraschend intelligent

BARACK OBAMA
echt netter US-Präsident

HUGH HEFNER
Playboy-Gründer mit Landhaus

QUENTIN TARANTINO
total verrückter Regisseur

MICK JAGGER
Rocklegende, die sich bewußt ernährt

STEVE JOBS
Apple-Gründer

DIE SPIESSIGSTEN VERBRECHEN DER WELT

Gauner und Ganoven sind über den Verdacht, Spießer zu sein, erhaben, denkt man. Doch es gibt eine ganze Reihe wirklich spießiger Verbrechen – wie diese sechs realen Fälle zeigen.

Schlechter Service

1 An einem Montagnachmittag kurz vor Geschäftsschluß schob ein Mann einen Zettel über den Tresen einer Filiale der RBC Centura Bank in Lilburn, Georgia. Darauf forderte er sämtliche Bargeldbestände der Bank und gab an, eine Schußwaffe zu besitzen. Der Bankangestellte begann, der Bitte nachzukommen. Doch noch bevor er das Geld erhalten hatte, brach

der Bankräuber den Überfall frustriert ab. Innerlich wahrscheinlich die „Servicewüste Georgia!“ verfluchend, beanstandete er, daß der Vorgang zu lang dauern würde, und verließ die Bank.

Pantoffelheld

2 Der 21jährige Texaner Jesus Mata hatte eine Steuerrückzahlung von rund 1000 US-Dollar in einem Stripclub namens „Whispers“ ausgegeben. Nachdem die letzte Dollarnote in einem Stringtanga platziert war, meldete Mata einen bewaffneten Überfall, bei dem ihm sechs maskierte Männer die 1000 Dollar geraubt hätten. Der Polizei kamen jedoch bald Zweifel an der Geschichte, und Mata gab zu, daß er den Überfall erfunden hatte – um seiner Frau nicht beichten zu müssen, wo das Geld geblieben war. Letztlich mußte er sich wegen des Geldes doch vor ihr verantworten – und wegen seiner falschen Aussage vor der Polizei.

Ruhe im Gericht

3 Die Benutzung elektrischer Geräte im Gerichtssaal zeige eine Geringschätzung des hohen Gerichts und sei deshalb zu ahnden, so einer der Grundsätze des Richters Raymond Voet im amerikanischen Bundesstaat Michigan. An einem Freitagnachmittag, mitten im Schlußplädoyer des Staatsanwalts, meldete sich jedoch das neue Smartphone des Richters selbst zu Wort. „Ich muß aus Versehen drangekommen sein”, rechtfertigte sich Voet, nachdem die Sprachsteuerung des Geräts sehr laut zu reden begonnen hatte. Er besitze das Smartphone erst seit kurzem und sei mit der Bedienung noch nicht vertraut. Trotz dieser Entschuldigung war Voet zu sich selbst nicht weniger streng als gegenüber anderen: Er bezichtigte sich selbst der Mißachtung des Gerichts und verurteilte sich zu einer Geldstrafe.

Vogelfreund

4 Um die „Einflugschneise für Vögel zu verbessern" hatte ein Grünen-Politiker und Umweltaktivist in einem Wald zwischen Klein-Krotzenburg und Froschhausen (Hessen) rund 60 Erlen und Weiden gefällt. Das Problem: Das Grundstück und die Bäume gehörten ihm nicht. Die Besitzer erstatteten Anzeige wegen Diebstahl, unbefugtem Betreten von Privatgelände und illegalem Baumfällen. Was mit dem Holz der bis zu 18 Meter hohen Bäumen passiert ist? „Das haben wir unter den Helfern dieser Naturschutzmaßnahme verteilt", sagte der Angeklagte.

Hungerstreit

5 Mit ein paar Tüten vom Drive-Through-Schalter der Fastfoodkette „Pirtl's Chicken" waren Antonius Hart Senior und Antonius Hart Junior aus Memphis, Tennessee, auf dem Weg nach Hause, als sie feststellten, daß man ihre Chicken Wings vergessen hatte. Vater und Sohn kehrten zum Schalter zurück und beschwerten sich. Der Kassierer bot an, ihnen die fehlenden Hähnchenflügel zu geben, lehnte aber ab, ihnen zusätzliche Flügel als Entschädigung für den Aufwand und die Rückkehr zum Fast-Food-Restaurant draufzulegen. Daraufhin holte der 45jährige Antonius Hart Senior ein Sturmgewehr der Bauart AK-47 hervor, um seinem Wunsch nach mehr Nahrung Nachdruck zu verleihen. Der Kassierer rief die Polizei, die das Gewehr und 24 Schuß Munition sicherstellte und Vater und Sohn festnahm.

Qualitätsoffensive

6 Ein 52jähriger Haschischkonsument begab sich 2006 in Darmstadt zum Polizeipräsidium, um seinen Dealer anzuzeigen. Dieser habe ihm „ungenießbaren“ Stoff verkauft. Die 200 Gramm zum Preis von 400 Euro seien von „absolut minderwertiger Qualität“, und der Dealer lehne jeden Umtausch ab. Doch statt den Dealer zu verhaften, wie es der vermeintlich Geprellte gehofft hatte, wurde gegen ihn Strafanzeige erstattet – wegen illegalen Erwerbs und Besitzes von Drogen.

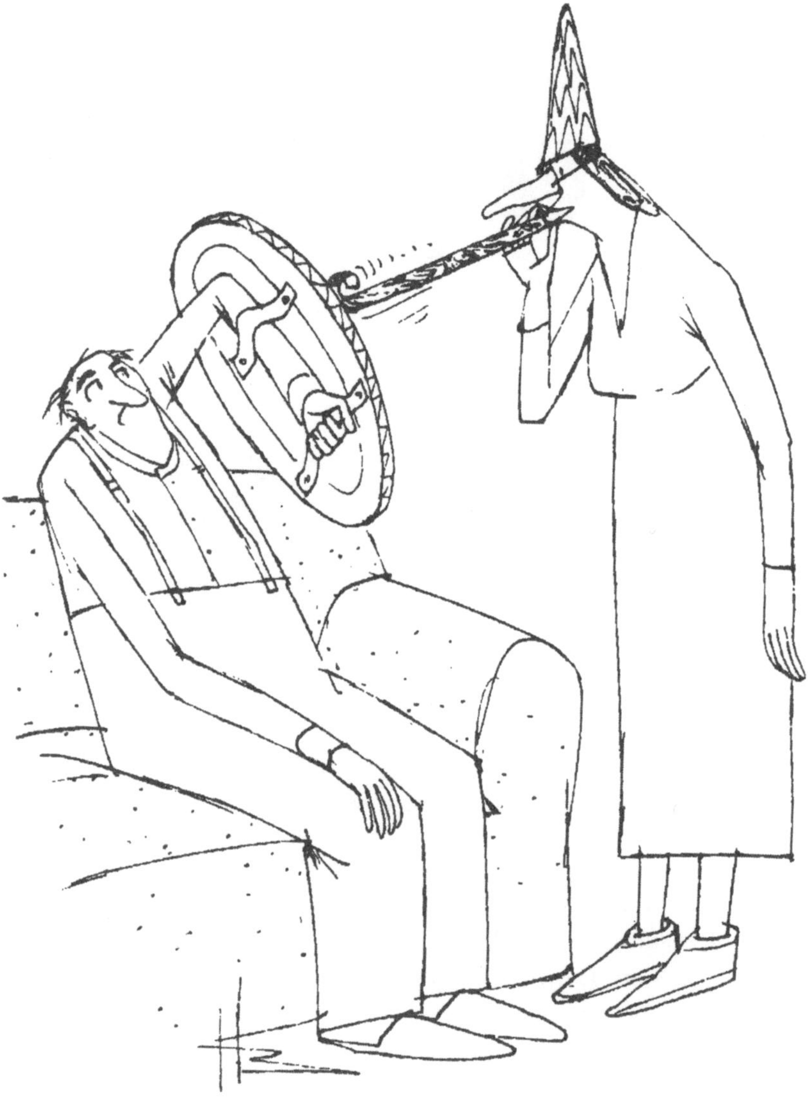

KAPITEL II

VON DER BALZ BIS ZUR PFLEGE DES NACHWUCHSES

Sich nach einer Zweierbeziehung zu sehnen ist nichts, das einem peinlich sein muß. Wer sich für eine Partnerschaft entscheidet, sollte sich jedoch darüber bewußt sein, daß es Nachsicht und Beharrlichkeit braucht, um diese auch dann weiterzuführen, wenn nachts ein ausgewachsener Spießer neben einem schnarcht und die kleinen Spießer in ihrem Kinderzimmer statt „Räuber und Gendarm" lieber „Mutti und der Babysitter" spielen. Andererseits: Single sein kann jeder.

DER CONNAISSEUR KENNT SEIN TERROIR

Fünf Flirtreviere und wie man sich dort verhält

Manufactum

Was ist das?

Einer der besten Orte, um sich zu trennen, ist IKEA. Um jemanden Neues kennenzulernen, geht man zu Manufactum. Die Kette verkauft Dinge des täglichen Gebrauchs, die schon unseren Großmüttern das Leben schwermachten: gußeiserne Öfen, die man vor dem Kochen anschüren muß; Teppichkehrer aus Stahlblech; Mops aus Lammwolle, die riechen, wenn sie naß werden. Die Gaslampen unter der Decke umkränzen jeden Kopf mit einer flackernden Aureole. In den Gängen hängt der Geruch von protestantischem Nackenschweiß vermischt mit Kernseife aus portugiesischen Klöstern. Wer hier einkauft, glaubt nicht an Work-Life-Balance oder Wellness. Er sucht eine Beziehung, die er, wie alles andere im Leben, mit ehrlicher Arbeit voranbringen kann.

Wen trifft man dort?

Männer, denen nach einem Tag im Hobbykeller der Waldviertler Kartoffelhandbalsam ausgegangen ist, und Frauen, die sich den Straßenstaub mit dem Bimsstein von den Füßen schrubben. Und das Paar, das bei Freunden zum Abendessen eingeladen ist und nach einer mittelalterlichen Käsereibe aus dem Elsaß als Mitbringsel sucht.

Was zieht man an?

Das Büßerhemd aus irischem Leinen (Sie) und den Manufactum-Arbeitsoverall mit Steinnußknöpfen (Er).

Worauf sollte man unbedingt achten?

Wer den Fernsprechapparat W48 aus Bakelit mit Wählscheibe kauft, lehnt die Kommunikation per E-Mail oder Kurznachricht ab und hält beim Abendessen gern Vorträge über die „Banalität des Mitgeteilten“ und „hochfrequente Strahlung“ – wird aber auch nie per SMS Schluß machen.

Wo findet man die große Liebe?

Wer sich von Kumpelromantik anrühren läßt, fährt zur Zeche Waltrop, dem Stammsitz des Unternehmens. Aber auch in allen anderen Filialen gilt: Es gibt sie noch, die guten Partner.

DB Lounge

Was ist das?

Wartebereiche in deutschen Bahnhöfen, die Reisenden der ersten Klasse und Vielfahrern (Bahn-Comfort-Kunden) vorbehalten sind. Im Jahr 1997 eröffnete am

Frankfurter Hauptbahnhof die erste DB Lounge. Heute sind es 15 in ganz Deutschland. Die klimatisierten Räume liegen meist gut versteckt oberhalb der Bahnsteige und Einkaufsmöglichkeiten, um den Nutzern den Kontakt mit dem Bahnhofspöbel zu ersparen, der sich die Zeit bei Burger King und Pimkie vertreibt. Hinein kommt man nur mit dem entsprechenden Ticket oder der Bahn-Comfort-Karte. Der Besuch lohnt sich: Rote Ledersessel stehen bereit für ein Nickerchen, es gibt Steckdosen, an denen sich der Laptop aufladen läßt, Zeitungen liegen herum und den Durst löschen Fingerhüte voll kalter oder heißer Getränke, die es umsonst am Automaten gibt. Mit Sätzen wie: „Na, wie viele Minuten Verzögerung hatte Ihrer?" oder „Ist bei Ihnen noch eine Steckdose frei?" findet man sofort Anschluß – und das bei der Deutschen Bahn!

Wen trifft man dort?

Die DB Lounge wird vor allem von Geschäftsreisenden genutzt, die sich – anders als die Passagiere der Billigflieger – ernsthaft Gedanken um ihre Ökobilanz machen oder die es sich leisten können, Zugverspätungen von mehreren Stunden in Kauf zu nehmen.

Was zieht man an?

Generische Businеßmode, dazu eine Laptoptasche aus schwarzem Polyester.

Worauf sollte man unbedingt achten?

Auf Gäste, die trotz des passivaggressiven Warnaufklebers auf den ausliegenden Zeitungen heimlich die FAZ mitnehmen. Wer Zeitungen klaut, wird auch sonst ein Knauser sein und Restaurantrechnungen von 29,90 – „stimmt so!" – auf 30 Euro aufrunden.

Wo findet man die große Liebe?

Die Lounges in Frankfurt und Berlin haben die meisten Besucher pro Tag. Das erhöht die Chancen. In Berlin, Frankfurt, Hamburg, Köln und München

können sich die Nutzer der ersten Klasse in einen abgeschirmten Bereich zurückziehen, zu dem der Vielfahrer-Plebs keinen Zutritt hat. Graydon Carter, Chefredakteur des Magazins „Vanity Fair", nannte das Prinzip einmal den „Raum hinter dem Raum hinter dem Raum". Bei ihm gab es jedoch sieben davon – und in keinem saßen Männer in C&A-Anzügen, die auf ihren iPads „Angry Birds" spielen.

CSA-Treffen

Was ist das?

Eine Art Kohlrabikolchose für Städter, die wegen der Kinder den Fernseher abgeschafft haben und nun nicht wissen, was sie mit ihrer Zeit anfangen sollen. Die Abkürzung steht für Community Supported Agriculture: eine Gruppe unterstützt mit Geld und freiwilliger Mitarbeit einen Bauern in der Umgebung, der sie dafür mit Produkten aus seinem Anbau versorgt. Anstatt bei Aldi in der Kassenschlange oder beim Proseccobüdchen auf dem Wochenmarkt steht man samstags im CSA-Treff herum, bis der Bauer dort die Gemüsekisten abliefert. Romantiker nutzen die Zeit, um ihrem Schwarm „Ich bin von Dir hin und veg" in die schrumpeligen Äpfel zu schnitzen, die von der Vorwoche übriggeblieben sind. Weniger subtil ist das Andeuten sexueller Handlungen mit Pastinaken oder Gurken.

Wen trifft man dort?

Jeden, dem der Bioladen im Viertel noch nicht öko / fair / sozial genug ist.

Was zieht man an?

Ein T-Shirt mit der launigen Aufschrift „Biotonne". Dazu Latzhose, Gummistiefel und Bandana.

Worauf sollte man unbedingt achten?

Arbeitseinsätze, die mit der Nutzung schweren Geräts einhergehen, besser meiden. Die meisten Städter können nicht mal mehr rückwärtsgehen, geschweige denn Kettensäge oder Häcksler bedienen.

Wo findet man die große Liebe?

Die meisten CSA-Betriebe gibt es im Ländle. Allerdings scheitern Flirtwillige dort oft an der Sprachbarriere. Tip: Die Frage, ob man „a Vierdele schlotza" wolle, ruhig bejahen. Bei „Dua griagsch glei da Ranza vool" ist es jedoch Zeit, zu gehen.

Technoparade

Was ist das?

Technoparaden sind, ähnlich wie Schlagerparaden oder Heavy-Metal-Festivals, Veranstaltungen, die braven Bürgern die Gelegenheit geben, sich für 24 Stunden aufzuführen wie gesengte Säue. In Chaps oder Lackkorsage tanzen die Teilnehmer in den Sommermonaten über mehrere Stunden hinter Lastwagen her oder feiern vor einer mit Boxen zugestellten Bühne. Schon den Schamanen in früher Vorzeit halfen rituelle Kleidung, Schwitzhütte, Meskalin und Trommelwirbel, ihr Krafttier zu finden. Badewetter, der Anblick nackter Haut, Erschöpfung und Alkohol (manchmal auch Drogen) versetzen heute die Besucher von Technoparaden in einen schamanengleichen Zustand: Das Gehirn weicht auf, der Kopf füllt sich mit Glückssoße. Derart endorphiert genügt meist ein Anrempeln, um Bekanntschaft zu schließen. Haben sich zwei passende Partner gefunden, synchronisiert sich ihr Gezappel innerhalb der ersten 30 Minuten – so wie bei Stephanie Gräfin von Bismarck-Schönhausen und ihrem Ehemann Karl-Theodor Freiherr zu Guttenberg 1995 auf der (mittlerweile eingestellten) Loveparade. Stellt sich keine Harmonie ein, helfen die Bewegungen der Menge, um die Konstellation wieder aufzulösen.

Wen trifft man dort?

Menschen, die ihre Arbeitsoutfits einmal im Jahr gegen etwas Exaltiertes tauschen: Steuerfachgehilfinnen und Werberinnen, Marketingmanager und Automechaniker.

Was zieht man an?

Sportbekleidung kombiniert mit Schnäppchen aus der Wäscheabteilung des Sexshops.

Worauf sollte man unbedingt achten?

Wer ernsthaft auf Partnersuche ist, spuckt die angebotenen Ecstasy-Tabletten heimlich wieder aus. Die Wahrscheinlichkeit, am nächsten Morgen anstatt im Arm des Freiherrn neben Herrn Freibier aufzuwachen, ist sonst zu groß.

Wo findet man die große Liebe?

Auf der Lake Parade, einer frankophilen Technoparade am Genfer See. Seit 1997 feiern in Genf Expats und Internatszöglinge gemeinsam mit den Schweizer Gastgebern. Selbst alleinerziehende Eltern haben hier die Gelegenheit, jemanden kennenzulernen: Seit 2012 kann man Kinder für ein paar Stunden bei der Kids Parade abgeben.

Programmkino

Was ist das?

Hier trifft sich das Bildungsbürgertum, um sich für zwei Stunden am Elend der Welt zu ergötzen. Programmkinos gehören zwar auch zur Unterhaltungsindustrie, distanzieren sich aber anhand der Filmauswahl, dem Ambiente und den angebotenen Snacks und Getränken von jeder Art des Vergnügens. Gezeigt werden Autorenfilme, die das Leben homosexueller Kaffeebauern in Nicaragua verhandeln oder das französischer Paare in einer Dachgeschoßwohnung ohne Aschenbecher.

Wen trifft man dort?

Die Säulen der kleinstädtischen Gemeinschaft: die Besitzerin der „Teestube"; den Steuerberater, der in seiner Freizeit eine Galerie betreibt, in der ausschließlich seine Blumenfotos ausgestellt sind; den Studenten der Sozialpädagogik; den Journalisten, der dazu verdonnert wurde, über die „Diskussionsrunde im Anschluß“ zu schreiben.

Was zieht man an?

Rollkragenpullover und Cordhose bzw. Samtsakko und indischen Schal oder Schmuck aus klingonischer Herstellung.

Worauf sollte man unbedingt achten?

Nicht am Tresen klebenzubleiben. Die Weinflecken, die dort seit Jahren antrocknen, haben eine erstaunliche Haftkraft.

Wo findet man die große Liebe?

Das ist abhängig von der jeweiligen Vorstellung. Die Besucher wählen Filme meist wegen der Parallelen zu ihrer Lebensgeschichte aus. So stellen sie sicher, daß sie im anschließenden Gespräch immer wieder auf die eigenen Probleme zurückkommen können: „Als mein Vater mein Zeugnis kritisierte, fühlte ich mich ähnlich wie dieser pakistanische Kindersoldat …“

ROMANTIK IN SERIE

Jede Spießerbeziehung endet letztlich vor dem Fernseher. Und es sind die Serienhelden, die ein Paar definieren

Das „Downton Abbey“-Paar

Wenn das „Downton Abbey“-Paar die Cracker und den Fünfuhrtee bereitgestellt, den Beagle zwischen und das Kaschmirplaid über sich drapiert hat, kann nur eine gute Serie die beiden darüber hinwegtrösten, daß keiner von ihnen adelig ist.

Die DVD-Boxen und iTunes-Downloads, die in ihrem Freundeskreis nach und nach Einzug hielten, fanden sie lange Zeit vulgär („Fernsehserien sind ein bißchen unterschichtig, sind sie nicht?“) – bis sie dieses durch und durch britische Epos über die aristokratische Familie Crawley und deren Kampf um Anwesen und Titel entdeckten. Egal, ob es um den Status der Aristokratie zu Zeiten des Ersten Weltkriegs, um das Frauenwahlrecht oder um die Liebschaften von und zwischen Herrschaften und Bediensteten geht – für das „Downton Abbey“-Paar ist jede Folge ein Ausflug in eine Welt, die sie lieben und zu der sie nie gehören werden.

Ihr einziger Trost während der langen Wochen, in denen sie auf die neue Staffel warten: Urlaub in englischen Cottages – oder für die Rückkehr von Karl-Theodor zu Guttenberg in die Politik zu beten.

Das findet man in ihrem Kühlschrank

Brandybutter, Worcestersoße und die bitterste Orangenmarmelade der Welt.

Typischer Satz beim Gucken

„Schau mal, der Brieföffner, den der so reizend altmodische Butler benutzt, – genau der, den ich bei Manufactum bestellt habe!“

Zahl der Folgen pro Abend

eine – alles andere wäre maßlos. Danach gehen beide mit dem Hund raus und lesen danach ein wenig Jane Austen.

Das „Mad Men"-Paar

„Schatz, ich muß die Kalkulation morgen abgeben" ist seine Standardentschuldigung am Telefon, wenn er sie mal wieder mit dem Abendessen warten läßt. Manchmal fängt sie dann heimlich die nächste Folge „Mad Men" an, hört aber nach den ersten Minuten mit schlechtem Gewissen wieder auf. Während sie die Temperatur des Weins mit dem Thermometer prüft (ihr Sohn ist seit Stunden im Bett), fragt sie sich schon, ob seine Kollegin aus der Buchhaltung schuld daran sein könnte, daß er immer so lange arbeitet. Sie selbst hat in ihrem Halbtagsjob in der Galerie auch einen knackigen Kollegen, aber würde nie … Wenn er dann endlich zu Hause ist und beide mit einem Glas Whisky vor dem Fernseher Platz nehmen, fragt sie ihn nach seinem Tag, er sie nach ihrer Mutter (die beiden verstehen sich blendend!), und während das „previously on …" läuft, diskutieren sie die Menüfolge für das Essen am Wochenende. Was er noch nicht weiß: daß er beim nächsten Kind die komplette Elternzeit nehmen wird, weil sein Kollege erfolgreich an seinem Stuhl gesägt hat und seiner Frau die Leitung der Galerie angeboten wird. Aber auf solche Entwicklungen hat ihn „Mad Men" zum Glück schon vorbereitet.

Das findet man in ihrem Kühlschrank

eine Auswahl an Oliven für Martinis – und eine Flasche Aldi-Champagner als „stille Reserve".

Typischer Satz beim Gucken

„Ist es schlimm, daß ich keine so großen Brüste habe wie Christina Hendricks?" – „Ach Unsinn, aber füll doch bitte noch mal die Schale mit den Nüßchen nach."

Zahl der Folgen pro Abend

nur eine – schließlich haben beide „morgen wieder wichtige Projekte".

Das „Game of Thrones"-Paar

Seit er ihr beim „lockeren Get-together" eines IT-Kongresses versehentlich auf den Rocksaum getreten ist, sind die beiden eine Platine und eine Seele. Vergessen sind die Abende, an denen sie sich durch Dating-Seiten klickten. Jetzt lesen sie sich gegenseitig aus ihren Fantasybüchern vor und treffen sich mit Freunden, um komplexe Brettspiele zu spielen. Er freut sich, wenn sie ihn im Haushalt werkeln läßt, weil er sich dann trotz seines Bäuchleins ritterlich fühlt. Sie ist dankbar, daß er ihr auch bei LAN-Partys immer den Rechner trägt, weil sie sich so trotz Bäuchleins begehrt fühlt. Wenn das Zocken mal wieder überhandnimmt, ziehen sich die beiden illegal die nächste Staffel „Game of Thrones" aus dem Netz, deren zehn Folgen leider immer viel zu schnell vorbei sind. Im Grunde würden sie für ihre Lieblingsserie sogar bezahlen. Aber auch nur, wenn es von ihren Piraten-Freunden keiner mitbekommt, wenn man nicht so ewig auf die DVDs warten müßte und, vor allem, wenn man sie auch auf Englisch sehen könnte. Denn daß „King's Landing" mit „Königsmund" übersetzt wurde, ist für sie schlicht nicht zu ertragen.

Das findet man in ihrem Kühlschrank

---

kalte Hühnchenkeulen, einen Ring Fleischwurst und einen Sixpack Met.

Typischer Satz beim Gucken

„Wie geil das wäre, wenn das irgendwann mal als MMORPG rauskäme – dann könnten sie World of Warcraft aber vom Netz nehmen!"

Zahl der Folgen pro Abend

---

zwei – plus das jeweilige „Making of", um sich Inspiration für die Kostüme ihrer Mittelalterband zu holen.

Das „How I Met Your Mother"-Paar

Die meisten der anderen Serienpaare wollen folgen- und staffelweise in eine Welt flüchten, die möglichst weit von ihrer eigenen entfernt ist (Drachen! Drogen! Wespentaillen!). Wer mit seinem Partner „How I Met Your Mother" guckt, sehnt sich hingegen nach Normalität, harmlosem Spaß und ein paar Pointen zum Weitererzählen. Die Parallelen zum eigenen Leben sind nicht allzuschwer zu ziehen, schließlich kennt jeder einen Schwerenöter wie Barney, einen Grübler wie Ted oder ein kindisch-verliebtes Pärchen wie Lily und Marshall. Dazu werden drängende Fragen der Postmoderne verhandelt: Warum sehen Frauen in Gruppen attraktiver aus? Gibt es in jeder Beziehung jemanden, der sich zur Decke streckt, und einen, der sich zufriedengibt? Muß man seinen Partner auch nach Jahren noch vom Flughafen abholen? Bei all der vermeintlichen Banalität bleibt beim „How I Met Your Mother“-Paar stets eine tiefe Sehnsucht übrig – nicht nur nach dem Leben in Manhattan, sondern auch nach einer Serie, die dabei hilft, das eigene Leben zu meistern. Die als Paartherapie oder Entscheidungshilfe ebenso dienen kann wie als unerschöpfliche Mine für Aufreißgeschichten, legendäre Wetten oder Ausgeherinnerungen – die man zwar selbst so nie erlebt hat, die aber irgendwann zur eigenen Biographie werden – spätestens, wenn man die betreffende Folge zum fünften Mal gesehen hat.

Das findet man in ihrem Kühlschrank

Cola Zero, Milchschnitte und im Tiefkühlfach zwei Eimer Ben & Jerry's-Eiscreme.

Typischer Satz beim Gucken

„Weißt du, was kraß wäre – wenn Lily mit Ted statt mit Marshall zusammengekommen wäre.“

Zahl der Folgen pro Abend:

vier bis fünf – aber Sitcoms haben ja auch nur 22 Minuten pro Folge.

Das „Tatort“-Paar

Im Grunde mögen die beiden den „Tatort“ nicht besonders. Jedenfalls entschuldigen sie sich stets wortreich und händeringend für die hölzernen Dialoge, das Imbißbudengestehe und das holzhammerartige Verwursten sozialer Themen und Milieus, wenn Freunde sie fragen, was denn eigentlich „ihre Serie“ sei. Das Tatort-Paar genießt an der Krimireihe aber das Ritual, die Regelmäßigkeit – endlich mal etwas Beständiges in der sich immer schneller verändernden Welt. Einmal genau null Entscheidungen treffen zu müssen, sondern nach den Wirren des Wochenendes am Sonntagabend nur noch schnell zum Pizzamann an der Ecke zu flitzen und dann eine feste Verabredung mit dem Sofa zu haben: das gibt den beiden Sicherheit. Der Tatort ist ihr Gottesdienst, die GEZ ihre Kirchensteuer – und der Vorspann mit dem Fadenkreuz ihr „Vaterunser".

Das findet man in ihrem Kühlschrank

alkoholfreies Weizen („schmeckt fast wie echtes"), eingeschweißte Bratwurstschnecken und eine alte Ecke Parmesan.

Typischer Satz beim Gucken

„Guck mal, ob nächste Woche endlich wieder mal der aus Münster kommt." – „Nee, Polizeiruf." – „Mist."

Zahl der Folgen pro Abend

eine – danach kommt schließlich „Günther Jauch", aber da decken die beiden schon den Frühstückstisch für den nächsten Tag – „das spart morgens echt Zeit!"

Das „Breaking Bad"-Paar:

Kennengelernt hat sich das „Breaking Bad"-Paar in Liverpool, als dort beide ein Auslandsemester absolvierten. Jetzt unterrichtet er Sport und Englisch, sie Geschichte und Sozialkunde, und die Weite der Wüstenlandschaft von New Mexico läßt beide insgeheim von einem Ausbruch aus der engen Welt ihrer Doppelhaushälfte träumen. Aus der Routine von Elternabenden, Zeugnisvergabe und Ratenzahlungen. Doch wenn die Hauptfigur Walt – ein Crystal Meth kochender Chemielehrer – mal wieder sein Territorium verteidigen oder eine Leiche entsorgen muß, sind sie im Grunde froh, auf ihrem Designersofa („war spottbillig, zweite Wahl – sieht man kaum!") zu sitzen. Eigentlich wollten sie in den nächsten Sommerferien mit dem Wohnmobil eine große USA-Rundreise durch den Südwesten machen. Seit der letzten Staffel fürchten

sie aber, am Grand Canyon könnte es zu Schießereien zwischen Drogenbanden kommen.

Das findet man in ihrem Kühlschrank

Apfelschorle, Sojamilch („wegen meiner Laktoseunverträglichkeit, nicht aus ideologischen Gründen") und ein stets gut gefülltes Gemüsefach.

Typischer Satz beim Gucken:

„Irgendwie auch unverantwortlich, so was zu zeigen. Da kann man ja gleich die Anleitung zur Drogenherstellung ins Internet stellen!"

Zahl der Folgen pro Abend:

zwei – „sonst kommen wir irgendwie schlecht drauf."

WAS FÜR NIEDLICHE STREBER

Den Wert frühkindlicher Bildung sollte man nicht unterschätzen.

4

Stundenpläne moderner Spießerkinder

	Luca
7.00	Schreibkurs Traumtagebuch
8.00	Freie Tanzgymnastik
9.00	Büchergruppe „Abenteuer Lesen“
10.00	Spanisch Anfänger II
11.00	Bratschenunterricht
12.00	Workshop „Holistisch essen“

13.00	Powernap
14.00	Mutter-Kind-Pilates
15.00	Förderkurs Erdkunde
16.00	Freies Holzbasteln
17.00	Bratschenunterricht
18.00	Spanische Konversation
19.00	HTML5-Programmierung For Kidz!
20.00	Abendmeditation

Nele

7.00	Hip-Hop-Tanzkurs zum Wachwerden
8.00	Kalligraphie: Aufbaukurs
9.00	Workshop „Streiten lernen“
10.00	Drehbuchschreiben leichtgemacht
11.00	Asia-Kochkurs
12.00	Physik zum Anfassen
13.00	Autogenes Training
14.00	Schlagzeugstunde
15.00	Talentfrüherkennung: Modul Sprachen
16.00	Mandarin-Crashkurs für kleine Weltenbummler
17.00	Capoeira
18.00	Schreibkurs „Twitter-Haikus“
19.00	Schreinern
20.00	Restaurant-Etikette

Noah

7.00	Morgenyoga
8.00	Creative Writing
9.00	Powerpoint-Workshop

10.00	Diskussionsrunde Rousseaus Gesellschaftsvertrag
11.00	Ballettstunde
12.00	Gold- & Silberschmieden
13.00	Kreativmittagsschlaf
14.00	Rhetoriktraining
15.00	Kunstgeschichte
16.00	Austoben für Zaghafte
17.00	Ikebana-Workshop
18.00	Crashkurs Mind-Mapping
19.00	Bogenschießen
20.00	Ayurvedische Küche

Leonie

7.00	Street-Pilates für freche Kids
8.00	Fotokurs
9.00	Grundkurs Wirtschaftsenglisch
10.00	Polostunde
11.00	Museumsbesuch
12.00	Crashkurs Social Media 3.0
13.00	Trommeln und Entspannen
14.00	Stepptanz
15.00	Gedächtnis- und Lerntraining
16.00	Architektur verstehen
17.00	Hegel-Workshop
18.00	Scheibentöpfern
19.00	Speedreading
20.00	Chorprobe

Inhalt
M 4.45-

„Für seinen Hund ist jeder Mensch ein Napoleon, deshalb sind Hunde so beliebt.“

Aldous Huxley

DER WILL DOCH NUR SPIESSEN!

Ein Leben ohne Hund ist möglich, aber sinnlos

Ein Spießer zu sein kann einen vereinsamen lassen. Wenn man es gewohnt ist, immer das Richtige zu tun, und auf jede Frage eine gute Antwort parat hat, gibt man sich eben nicht gern mit beratungsresistenten Individuen ab. Ein Hund empfiehlt sich deswegen als Gesellschaft. Hunde sind die einzigen Lebewesen, die sich dankbar zeigen, wenn man ihnen von morgens bis abends sagt, was sie zu tun haben. Und die es völlig akzeptabel finden, nicht nur ihre Eß- und Schlafgewohnheiten, sondern sogar ihre hygienischen Bedürfnisse dem Menschen unterzuordnen, mit dem sie zusammenleben.

Hund und Mensch führen seit Urzeiten eine symbiotische Beziehung: Der Hund holt die FAZ, der Mensch liest sie. Der Mensch schafft sich eine Katze an, der Hund jagt sie. Der Mensch bringt den Müll raus, der Hund hindert die Müllabfuhr daran, diesen zu stehlen. Um möglichst viel Freude an Ihrem tierischen Gefährten zu haben, sollten Sie einige Regeln beachten – bei der Auswahl wie bei der Erziehung.

Hunde rassen

„Wer auch immer gesagt hat, man könne Glück nicht kaufen, muß die Welpen vergessen haben.“

Gene Hill

Die eigenen Lebensumstände und Gewohnheiten sollten maßgeblich sein, wenn Sie sich für einen Welpen entscheiden. Selbst Mastiffs sehen niedlich aus, wenn sie klein sind. Hat sich das erwachsene Tier dann aber in die Prothese des Großvaters verbissen, der über die Vergabe des Familienerbes entscheidet, werden Sie sich wünschen, Sie hätten ein zurückhaltenderes Tier ausgesucht – außer natürlich, Opa hatte Sie zuvor schon enterbt. Die nachfolgenden Rassen haben sehr unterschiedliche Temperamente, sind in Spießerhaushalten aber gleichermaßen beliebt.

Deutscher Schäferhund

Ausgeglichen, nervenfest, selbstsicher und absolut unbefangen muß er sein, damit er den Rassestandards entspricht. Max von Stephanitz, der Züchter des ersten eingetragenen deutschen Schäferhunds, hatte einen Arbeitshund nach preußischen Idealen im Sinn, als er den dreijährigen „Hektor von Linksrhein“ kaufte. Das von ihm in „Horand von Grafrath“ umbenannte Tier gilt bis heute als Stammvater der Rasse. Die Heeresführer im Ersten wie im Zweiten Weltkrieg hielten deutsche Schäferhunde und trugen damit maßgeblich zu deren schlechtem Ruf bei. Da die Tiere rechts von links nicht unterscheiden können, sind sie nicht nur bei Sicherheitsdiensten, sondern auch bei Punks beliebt. Wird man in einer Fußgängerzone von einem Schäferhund gebissen und versucht, den Besitzer in der Menge auszumachen, hilft ein Blick auf das Namensschild des Tieres. Heißt er „Hektor“, gehört er dem Karstadt-Wachmann. Trägt er kein Namensschild, aber reagiert auf den Namen „Hotte“, gehört er dem Punk, der vor dem Orsay-Laden sitzt.

Mops

Charme, Würde und Intelligenz zeichnen einen Mops aus. Schönheit dagegen nicht. Einst war der Besitz des kurzschnäuzigen, glupschäugigen Tieres dem chinesischen Kaiser vorbehalten. Vom dortigen Hof machte sich der Mops schwer atmend auf, die Herzen auch westlicher Adeliger zu erobern. Trotz seines Aussehens etablierte er sich als Modehund. Weil die Königinnen und Herzöge dies nicht zugeben wollten, ersannen sie Abenteuergeschichten, um die Anwesenheit des schnorchelnden Drahthaarklopses im Thronsaal zu erklären: So sollen Möpse auf ihren kurzen Beinen Prozessionen angeführt, Belagerungen durchbrochen und Heerführer gerettet haben. Der berühmteste unter ihnen, Fortuné, der Mops von Napoleons Herzensdame Joséphine, soll den ebenfalls kurzbeinigen Nebenbuhler frech gebissen haben, als dieser versuchte, mit unter die Bettdecke zu kriechen. Heute führen vor allem junge Städter Möpse mit sich, die das Tier wie einen asymmetrischen Haarschnitt oder eine dickrandige Brille als ironisiertes modisches Statement verstehen. Da der Mops nur Liebe ohne jede Ironie kennt, berührt ihn das nicht.

Jack Russell Terrier

Kühn und furchtlos sind die wadenhohen Terrier, die der Pfarrer John (Jack) Russell der Welt vermachte. Weil ihm ein Begleiter für sein „Outdoor-Life“ fehlte, kaufte er 1819 die Hündin Trump, ein weißes Tier mit braunen Flekken. Sie begleitete den passionierten Jäger auf die Pirsch und wärmte ihm abends die vom Regen nassen Füße. Aufgaben, denen auch der moderne Jack Russell Terrier gewachsen ist. Die Rasse eignet sich hervorragend, um verschlagene Tennisbälle einzusammeln oder den Ball des Gegners im Fall eines Hole in one diskret aus dem Loch zu holen und in einem nahen Gebüsch zu verstecken, bevor dieser dort angekommen ist. Um dem Jack Russell Terrier die Arbeit als Caddie zu erleichtern, wurden die Dimples (Dellen) der Golfbälle an dessen Zahngröße angepaßt. Wegen der großen Verdienste der Rasse bei königlichen Sportveranstaltungen erwarb Queen Elizabeth II. das Porträt der Stammhündin Trump aus dem Nachlaß von Pfarrer Russell. Bis heute hängt es in einer ihrer Sattelkammern, was ihren Corgies Anlaß für viel eifersüchtiges Gekläffe gibt.

Beagle

Die Annahme, das Wort Beagle leite sich vom französischen begueule – Großmaul – ab, kommt nicht von ungefähr. Es ist erstaunlich, was so ein Hund alles in seiner Schnauze herumtragen kann: Pizzakartons, Cayenne-Radkappen, Surfbretter, den Hut vom letzten Pferderennen. Und dabei ist der Beagle so schnell, daß die eigentlichen Besitzer der von ihm apportierten Gegenstände oft nicht sagen können, wer sie gerade beklaut hat. Gut so! Einen Jagdhund wie den Beagle würde es kreuzunglücklich machen, wenn er seinen Fang zurückgeben müßte. Da er zur Jagd in der Meute gezüchtet wurde, ist er aber gerne bereit, diesen mit den anderen Tieren im Rudel zu teilen – in diesem Fall dem erfreuten Herrchen oder Frauchen.

Dackel

Was ihm an Körpergröße fehlt, macht er an Selbstbewußtsein wett. Der Dackel ist ein Jagdhund, der sich unerschrocken in tiefe Dachsbauten wühlt, auch auf die Gefahr hin, dort steckenzubleiben. Daß die Rasse eher bindungsunwillig ist, macht sie besonders bei den separatistisch veranlagten Bayern beliebt. Sonntags kann man am Münchner Platzl die Damen mit ihren Zamperln bewundern, die bei Schuhbeck ein- und ausgehen. 1972 färbte Otl Aicher den Dackel als Maskottchen der Olympischen Spiele in frisches Blau und Apfelgrün und stilisierte das eigenwillige Tier so zum vierbeinigen Gegenentwurf des gehorsamen deutschen Schäferhundes. Wegen seiner geringen Leibeshöhe ist der Dackel zudem in ländlichen Gegenden beliebt, weil er unter den dort handelsüblichen Kacheltischen hindurchlaufen kann, ohne sich den Kopf zu stoßen.

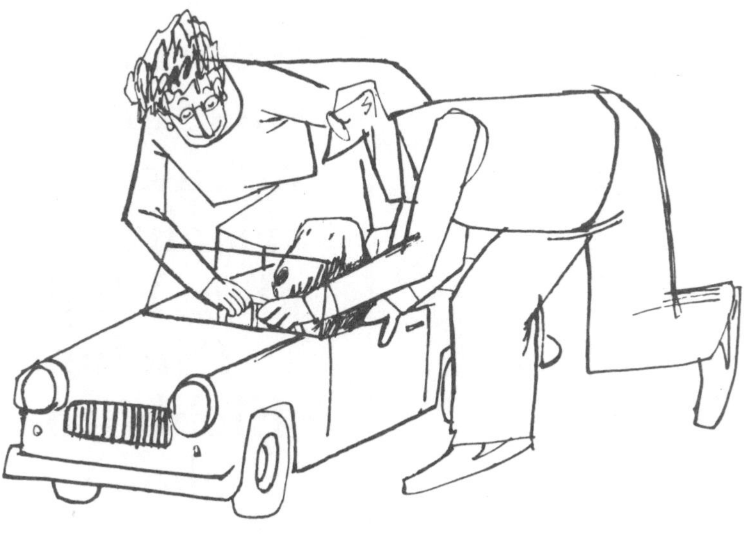

Hundeerziehung

14 Dinge, die Sie beherzigen sollten

1.

Ihr Hund wird immer der erste sein, der Ihnen einen guten Morgen wünscht. Vor Sonnenaufgang, auch sonntags.

2.

Er zerkaut Ihre Schuhe, weil es wenig gibt, was für ihn attraktiver riecht als Ihre Füße. (Siehe Eichhörnchen)

3.

Wenn er in Ihrem Bett gräbt, dann weil tief in ihm noch ein Wolf wohnt, der sich in einer Mulde schlafen legen möchte, um sich vor dem Wind zu schützen.

4.

Er wird sich immer dort schütteln, wo Sie gerade sind, damit Sie wissen, WIE naß er ist. Und er ist niemals nur ein bißchen naß.

5.

Ihr Hund will immer mit dabei sein, wenn Sie zur Toilette gehen.

6.

Doch rechnen Sie damit, daß er versucht, sich unter der Badezimmertür hindurchzuzwängen, wenn Sie ihn nicht mitnehmen.

7.

Wenn er könnte, würde er Sie vorwarnen, bevor er sich im Auto übergeben muß.

8.

Sein Geruchssinn verhält sich konträr zu Ihrem. Ihn zu shampoonieren ist so, als würde man Ihnen ein überfahrenes Eichhörnchen in die Haare reiben.

9.

Wenn Sie wüßten, wie lustig es ist, den eigenen Schwanz zu jagen, wären Sie neidisch.

10.

Der beste Platz, um einen Knochen zu vergraben, ist unter den frisch gepflanzten Rosenstöcken.

11.

Je länger Sie mit Ihrem Hund zusammenleben, desto schwieriger wird es für Sie werden, diesen von den menschlichen Familienmitgliedern zu unterscheiden.

12.

Ihm geht nichts über Fahrtwind auf der Zunge.

13.

Falls Sie wieder mal unsicher sind: Ihr Hund ist der, der Sie nie nach Geld fragt.

14.

Bälle, Katzen, Enten, Postboten – egal. Hauptsache, es ist schnell.

„Ich habe einen Blick aus Hundeaugen gesehen, einen sich rasch verlierenden Ausdruck erstaunter Geringschätzung, und ich bin überzeugt, daß Hunde im Grunde denken, Menschen seien verrückt.“

John Steinbeck

Schwimmen verboten!

DAS PERFEKTE SPIESSER-WOCHENENDE

Dos and Don'ts von Freitag bis Sonntag

Freitag

Abend

Unbedingt daran denken

Veuve für später kalt stellen.

Nicht vergessen

Die Premierenkarten für den Saisonauftakt von Sir Simon Rattle in der Philharmonie waren ein Geschenk von den Eltern. Trotzdem alle Freunde bei Facebook informieren, daß man sich auch mal was gönnen muß.

Falls noch Zeit ist

den Babysitter anrufen. Er soll den Kindern „Stolz und Vorurteil“ auf Englisch vorlesen.

Samstag
Morgen

Auf jeden Fall einplanen

Marktbesuch! Einkaufsliste für das vegane Brunch mit Harald und Kathrin mitnehmen (Kichererbsenfrittata, gegrillter Zitronentofu, ayurvedische Auberginen-Mousse und Honigmelonengelee auf Limettensirup). Am Prosecco-Stand nachsehen, ob unsere Grünenabgeordnete schon wieder angezwitschert auf „Wähler“-Fang ist.

Jetzt bloß nicht

in die Yogaklasse gehen. Samstags ist es so voll, daß man im Virabhadrasana 3 in die Zehen der Vorderfrau beißen könnte. Montagvormittags, wenn die ganzen Burnout-Opfer wieder in ihren Büros sitzen, ist der Unterricht viel intensiver!

Nicht vergessen

Oskar zum Porträtfotografen bringen. In Menschenjahren ist er schon 51 – ein Hund im besten Alter.

Samstag
Nachmittag

Unbedingt daran denken

Tante Anne anrufen. Auch wenn Oma bis heute nicht mit ihr spricht, weil sie Onkel Giovanni geheiratet hat, muß das nicht für jeden in der Familie gelten. Und Omas vorwurfsvolles Räuspern beim Sonntagskaffee wiegt angesichts zweier kostenloser Wochen in Tantchens Ferienhaus in Sizilien nicht so schwer.

Nicht vergessen

Bei Ebay USA läuft die Auktion für eine unter strengen ökologisch

„Mein Schmuck ist mir einfach zu schwer!"

Richtlinien hergestellte Jeans von Adriano Goldschmied ab. Die kosten hier in Deutschland ein Vermögen. Bieten!

Wichtiger Termin

Kaffeetrinken mit Barbara. Irgendwie hat sie es geschafft, in den Lions Club aufgenommen zu werden. Die Wartezeit beträgt eigentlich fünf Jahre. Vielleicht kann sie ein gutes Wort einlegen?

Falls Zeit bleibt

Gartenarbeit entspannt und ist zugleich ein sinnliches Erlebnis. Vor dem Kaffee mit Barbara deshalb unbedingt den Gärtner daran erinnern, daß er den Bauernjasmin zurückschneidet. Er sieht in letzter Zeit so gestreßt aus.

Samstag

Abend

Daran denken

Höflich auf die E-Mail von Max antworten. Seit Eva ihn für ihren Personal Trainer verlassen hat, fragt er jeden Samstag, ob wir sonntags mit „zum Italiener" wollen. Freunde, die nach elf Jahren immer noch nicht begriffen haben, daß am Sonntag der „Tatort" läuft, sollte man eigentlich aus dem iPhone löschen. Zumal, wenn diese nach der zweiten Flasche Rosso di Montalcino weibliche Gäste nach dem Zufallsprinzip anpöbeln, sie hätten „dich Schlampe doch nie geliebt". Vielleicht tun die drei unrasierten Herren, die beim Italiener immer am Tresen sitzen, uns und Max einen Gefallen und lassen ihn beim nächsten Mal diskret verschwinden.

Auf gar keinen Fall

die Kinder Pizza bestellen lassen. Geburtstag hin oder her.

Nicht vergessen

endlich „The Great Gatsby" ansehen und die DVD danach zurück an den Online-Verleih schikken. Stiftung-Warentest-Heft mit Schwerpunkt „Blue-Ray-Player" besorgen.

Falls noch Zeit ist

Facebookseite für Oskar einrichten.

Falls noch mehr Zeit ist

eheliche Pflichten erfüllen.

Sonntag

Morgen

Als erstes

Brunch auf der Terrasse anrichten. Wenn die Kinder ab sechs Uhr Winnie Puuh's Bilderbuch sehen dürfen und Oskar sich ausnahmsweise zusammenreißt, ist das bis elf Uhr zu schaffen.

Nicht vergessen

Kurz bevor die Gäste kommen, twittern „Guten Morgen zusammen (gähn!)! Verrät mir jemand ein leckeres veganes Rezept? Gleich kommt Besuch." Soll ja alles ganz spontan wirken.

Daran denken

Die örtlichen Hundebesitzer treffen sich um halb zwölf zu einer Demonstration für „mehr Toleranz gegenüber Hund, Herrchen und Frauchen". Der Babysitter soll mit den Kindern hingehen.

Auf gar keinen Fall

sich überreden lassen, nach dem Brunch mit den Gästen ins Museum zu gehen. Die Ausstellung ist sicher wegweisend, aber wenn einem die ganzen Sonntags-Aficionados im Weg stehen, sieht man von der Kunst nichts. Am Dienstagnachmittag kann man immer noch mitreden.

Sonntag

Nachmittag

Unbedingt daran denken

Estelles Mutter anrufen, damit sie unsere Therese mit zum Reitturnier nimmt. Die Siegerschleifen werden in einer Behindertenwerkstätte hergestellt, sagt der Reitlehrer. Wenn unsere Tochter sich während der Unterrichtsstunden endlich bemühen würde, hätten die armen Behinderten tatsächlich auch mal etwas zu tun.

Nicht vergessen

Das Kanu mit Bootswachs behandeln. Die Barbourjacke imprägnieren.

Auf gar keinen Fall vergessen

Kaffee bei Oma Therese. Wenn ich die Tiffany-Brosche, die ich mir geliehen hatte, unbemerkt in die Schatulle zurücklege, merkt sie vielleicht nicht, daß ich die Nadel beim Bogenschießen verbogen habe. Nach ihrem Rezept für Sachertorte fragen!

Jetzt bloß nicht

ans Telefon gehen, wenn Frau Sendlinghofer anruft. Zur Mitgliedschaft in der Selbstversorger-Gartengruppe gehört zwar, daß sich jeder mindestens einmal im halben Jahr zur Mitarbeit bereit erklärt. Aber es gibt nichts, was man nicht im nachhinein mit einer großzügigen Spende erklären könnte, oder?

Sonntag

Abend

Jetzt unbedingt

die Kinder ins Bett bringen. Wenn sie mitbekommen, daß wir Pizza bestellt haben, ist das Geheule groß.

Auf gar keinen Fall

an die Tür gehen, wenn es klingelt. Wenn Max wieder betrunken auf der Couch einschläft, ist Oskar den ganzen nächsten Tag beleidigt.

KAPITEL III

DAS BÜRO: EINE STARKE GEMEIN-SCHAFT

Eine Karriere will gut geplant sein. Wenn man die Spielregeln nicht kennt, kann das Vorzimmer zur Sackgasse werden. Um am Ende eines langen Arbeitstages mit den Wölfen aus dem Vorstand zu heulen und nicht mit den anderen geschaßten Kollegen, reicht es nicht, Büroratgeber zu lesen. Man muß lernen, auf den inneren Spießer zu vertrauen.

WIE MAN SEINEN SCHREIBTISCH DEKORIERT

Das ist kein Arbeitsplatz. Es ist die Schaltzentrale der Macht

Moleskine-Notizbuch

für die vielen, vielen kreativen Einfälle, die einen bekanntlich zu den unmöglichsten Zeiten ereilen und festgehalten werden müssen. Zuletzt: Eine überaus geschliffene Redewendung für einen Leserbrief zum großen Guttenberg-Interview in der ZEIT.

Aktengurt

Um einen Packen alter Unterlagen geschlungen, die man eigentlich längst entsorgen könnte, simuliert dieses Utensil Geschäftigkeit und Arbeitseifer.

Alter Sextant

symbolisiert Weltoffenheit, Navigationskenntnisse und Seefestigkeit. Historischer Familienbezug („Großvater gewann damit die Regatta von Helsingör") kann bei Belieben dazuerfunden werden.

Stehpult

als Alternative zum Schreibtisch – verändert die Perspektive auf die Welt da draußen – und schont den Rücken.

Kleiner Handapparat an Büchern

vorzugsweise Biographien großer Staatsmänner sowie Rosseaus „Vom Gesellschaftsvertrag oder Prinzipien des Staatsrechtes" und Bourdieus „Die feinen Unterschiede". Nach dem Kauf ein paarmal aufschlagen, um dem Buchrücken ein mitgenommenes Aussehen zu verleihen. Inhalt bei Wikipedia überfliegen, falls jemand nachfragt.

Montblanc-Textmarker

Tintenfaß und Federkiel oder ähnlich museale Schreibwerkzeuge sind ja nun wirklich nur was für Leute, die zu viele Folgen „Downton Abbey" im Fernsehen gesehen haben.

Mauspad aus vegetabil gegerbtem Rindhalsleder

Profis wissen, daß am Hals des Rindes das stabilste Leder entsteht. So rutscht das Pad auch beim wiederholten „Moorhuhn"-Spielen nicht vom Schreibtisch.

Rollkarteikasten für Kontakte

Im iPhone sieht ja niemand, wie viele eindrucksvolle Persönlichkeiten man kennt.

Visitenkarte

vorzugsweise von Smythson of Bond Street. Je weniger draufsteht, umso besser. Faxnummer? Twittername? Da könnte man ja gleich die Gelben Seiten überreichen!

Brieföffner mit Apfelholzgriff

Im Design der zwanziger Jahre und perfekt ausbalanciert – damit die Hand nicht so zittert, wenn das Finanzamt mal wieder schreibt.

Tennisstatue

als Erinnerung an glorreiche Turniertage. Niemand muß wissen, daß sie aus einem Online-Auktionshaus stammt und in China gefertigt wurde.

Gerahmtes Familienfoto

Vorzugsweise beim Skifahren in den Alpen – keinesfalls Urlaubsfotos mit Sonnenbrandgesichtern. Wichtig: den Arm um die Frau legen, der Hund liegt zu den Füßen. Beim letzten Mal war es andersherum, und die Frau nutzt das heute noch aus.

Prägestempel für Umschläge

Da inzwischen selbst das Kindermädchen dank Computer ihre Rechnungen mit einem individualisierten Briefpapier versieht, bleiben nur noch geprägte Umschläge, um den feinen Unterschied zu wahren.

Kaffeebecher

der Universität, an der man ein Auslandssemester verbracht hat. Dezenter als ein gerahmtes Zeugnis, das aufgrund der sporadischen Anwesenheit eh kaum zu bekommen gewesen wäre.

Tintenlöscher aus Buchenholz

selbst für die, die gar nicht mehr mit Tinte schreiben, unverzichtbar. Allein um zu zeigen, daß man könnte.

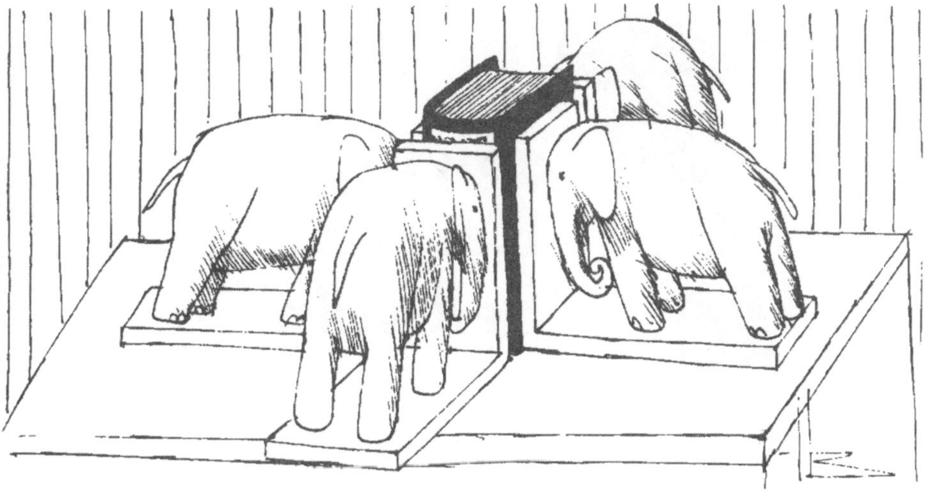

Stiftablage aus Nußbaumholz mit Rolladen

Ein gutes Versteck für den vor Monaten fertig gerollten Joint, für den sich dann doch nie die richtige Gelegenheit fand.

Ein gerahmter Cartoon aus dem New Yorker

Keine Sorge: ihn zu verstehen oder gar lustig zu finden, ist nicht erforderlich. Es ist der gute Wille, der zählt.

Individualisiertes Briefpapier und Dankeskarten

Natürlich von einem Traditionshaus am Ort angefertigt, die den Stempel für den Stahlstich bis zur Nachbestellung verwahren.

7 spießige Karrieren für Selbständige

Beruf kommt von Berufung

Zwei Jahre lang haben Sie studiert, was Ihre Eltern wollten: Jura, Zahnmedizin, Wirtschaftsingenieurwesen. Es folgten ein Gespräch unter Tränen und der Entzug sämtlicher finanzieller Unterstützung. Nun konnten Sie endlich das machen, was Sie wirklich wollten: die gleichen Seminare belegen wie der coole Typ aus dem Wohnheim. Irgendwas mit Medien oder Skandinavistik. Gelandet sind Sie letztlich in einer Unternehmensberatung. Seit einigen Wochen scheint der Filterkaffee dort jedoch säuerlicher zu schmecken als sonst. Die Bürospielchen Ihrer Kollegen können Sie nicht mehr erheitern, und selbst die Fruchtfliegen in der Kaffeeküche kreisen freudlos um das Waschbecken. Ihnen fehlt die Inspiration! Es ist Zeit für einen Wechsel. Zeit, „etwas mit Tieren zu machen. Oder Menschen". Sie brauchen eine Aufgabe, die Sie mit Sinn erfüllt, nicht nur Ihr Konto mit Geld. Etwas wie ...

Yogalehrer

1 Die Stunden, die Sie in Ihrem Yogastudio verbringen, sind Ihnen nicht nur teuer, sondern heilig. So sehr, daß Sie sich eines der gebatikten Unterhemden mit der Aufschrift „Hip!Hot!Holy!" gekauft haben, die auch die Lehrerinnen tragen. Sie würden sich eigentlich gern dazugesellen, wenn diese sich beim Weizengras-Smoothie an der Bar über ihre Erweckungserlebnisse unterhalten. Leider war der einzige Moment, in dem Ihnen „die Tränen kamen" weniger dem spirituellen Erlebnis auf der Matte als den Knoblauchausdünstungen der Frau neben Ihnen geschuldet. Lassen Sie sich dadurch nicht verunsichern. Geben Sie sich der nächsten Hüftöffner-Übung hin, bis diese sich anfühlt wie eine Zangengeburt. Dann fließen auch bei Ihnen Tränen der Erlösung, wenn die Stunde vorbei ist. Derart geläutert sind Sie nun bereit, anderen Suchenden den Weg zur Mitte zu weisen. Sie müssen nur noch die 8000 Euro für die Ausbildung überweisen und danach nie wieder einen Cent für Yogastunden ausgeben.

Wollschläger

2 Auf der Suche nach einer authentischen Beschäftigung sind Sie im „Lexikon der untergegangenen Berufe" bis zum Buchstaben W vorgedrungen. Sie wissen nun, daß der Wollschläger einst dafür zuständig war, die Wolle nach der Schur von Verunreinigungen zu befreien. Dafür wurde zuweilen eine Schlagtrommel verwendet, die in manchen Regionen Asiens auch heute noch zum Einsatz kommt. Sie haben sich während des Lesens an die Trommel erinnert, die seit dem unglücklich verlaufenen Flirt mit Kajombo aus dem Trommelkurs im Keller einstaubt. Auch

Schnell-
imbiß

an die Asienrundreise, die Sie absagen mußten, weil Ihnen nach dem neunten Semester das BAföG gestrichen wurde. Und hatte der Mann mit den getöpferten Pfeilspitzen auf dem Mittelaltermarkt nicht erzählt, daß er ständig von Museen gebucht würde?

Tierheilpraktiker

3 Sie haben ein heilendes Wesen. Wieso sonst sollten sich Ihnen so viele Kreaturen zuwenden, deren Körper-Seele-Umwelt-Balance aus dem Gleichgewicht geraten ist? Ihre Kinder kommen mindestens einmal pro Woche zu Ihnen, wenn sie nach einer Pausenhofkeilerei Nasenbluten haben. Ihr Mann verhält sich bei jeder Erkältung, als hätte er Denguefieber, nur, damit Sie sich um ihn kümmern. Und auch Ihr Hund kann Sie gut leiden. Es wäre selbstsüchtig, der Welt Ihre Fähigkeiten vorzuenthalten. Den Ekel vor den Blutegeln für die humoralen Verfahren und Ihre Katzenhaarallergie werden Sie schon überwinden, wenn die Praxis erst mal eingerichtet ist. Und wenn nicht, verlegen Sie sich einfach auf Tiertraumdeutung.

Barista

4 Ihre Kindheit in Ostwestfalen-Lippe hat Sie traumatisiert: immer nur Mettbrötchen und Idee Kaffee mit Dosenmilch zum Frühstück! Seit dem Umzug nach Berlin geht es Ihnen zwar besser – auch wegen der Psychotherapie –, aber ganz lösen konnten Sie sich von den Erinnerungen an Kacheltisch und Häkelgardinen nicht. Es gibt nur einen Weg, diese zu überwinden, das wissen Sie. Sie müssen raus aus der Geborgenheit Ihres Starbucks-Fensterplatzes und Ihre eigene Kaffeebar eröffnen. Einen kleinen Laden ohne Sitzplätze, aus dem jeder rausfliegt, der einen cortado nicht von einem con leche unterscheiden kann. In dem Maltodextrin ein Schimpfwort ist, Wasserdampfkühlung Frevel und der Röstprozeß mindestens 12 Minuten betragen muß – oder hat es hier etwa jemand eilig?!? Die Stadt braucht einen Ort, an dem der Kaffee nur in Päckchen zu 271 Gramm abgegeben wird: „Mehr trinkst Du Weichei doch nicht!“ Und an dem ein Schild an der Tür besagt: keine Kinderwagen! Denn wo käme die Kaffeekultur hin, wenn alle anfingen, sich ihre Milch selbst mitzubringen?

Publizist

5 „Eigensinn bringt Gewinn!“ ist Ihr Motto. Sie haben nämlich zu fast allem eine sehr eigene Meinung. In E-Mails fordern Sie Freunde und Kollegen mehrmals wöchentlich auf, mit Ihnen in den politischen Diskurs zu treten. Einige der großen deutschen Medienhäuser beschäftigen eigene Aushilfskräfte, nur, um Ihre Leserbriefe bearbeiten zu können. Sie kommentieren auch gern online, wenn Ihr Blog giesberts-resonanzboden.de Ihnen die Zeit dafür läßt. Eigentlich sind Sie damit ausgelastet. Nur, daß niemand Ihren historischen Krimi über die politischen Eliten in Deggenau verlegen will, das macht Sie unzufrieden. Sie fühlen sich als Opfer der Kulturmaschinerie, die nur Konsensliteratur produziert. Ist denn kein Platz für Querdenker und Klartextredner mehr?

Statt sich noch länger darüber zu ärgern, sollten Sie lieber Ihren eigenen Verlag gründen. Dann könnten Sie Podiumsdiskussionen (kostenpflichtig!) mit Ihrer Anwesenheit bereichern, sich mit Helmut Schmidt in Talk-Shows streiten und wären endlich selbst in der Position, die Bücher anderer Autoren abzulehnen. Außer natürlich, diese sind in allen wichtigen Punkten explizit Ihrer Meinung.

Modeblogger

6 O-M-G! Die Frau neben Ihnen im Bus trägt eine kopierte Balenciaga-Tasche und scheint das noch nicht mal zu wissen. Das arme Ding! Besser wieder aus dem Fenster schauen. Diese modische Tristesse, die Sie umgibt, ist kaum zu ertragen. Ihr Chef hält Hussein Chalayan für einen Terroristen, ihre beste Freundin mailt Ihnen mit dem Betreff „Fashion Show" (!!!) Filmchen von Heidi Klum auf dem Victoria's-Secret-Laufsteg und Ihr Mitbewohner hängt sich ein Poster von Georgia May Jagger übers Bett, weil er „Lara Stone echt heiß" findet. Niemand außer Ihnen scheint begriffen zu haben, daß Mode nicht schnöder Konsum, sondern Kunst ist. Jemand muß das endlich aufschreiben! Am besten in einem Tumblr-Blog. Eines Tages könnte daraus sogar ein Buch werden. Dann darf Grace Coddington endlich einpacken, die rothaarige Hexe.

Weinhändler

7 In Ihrem Arbeitszeugnis steht, daß Sie „durch Ihre Geselligkeit zur Verbesserung des Betriebsklimas" beigetragen haben. Das war auch nötig, denken Sie. Die meisten Ihrer Kollegen mußte man zur guten Laune förmlich zwingen, und hätten Sie nicht mindestens einmal pro Woche die Sektkorken knallen lassen, wäre in der Verkaufsabteilung gar nichts vorangegangen. Statt den Kater weiterhin am Schreibtisch auszukurieren, sollten Sie dieses Wissen über Verkaufsförderung und Alkoholika lieber für Ihre eigene Weiterentwicklung nutzen. Stellen Sie sich vor, wie Sie in einem Cabrio auf der Suche nach dem besten Jahrgang durch die Toskana fahren, von Weingut zu Weingut, die Ca-

rabinieri dicht hinter Ihnen. Wie sich die Nachbarn abends in Ihrem Weinladen treffen, um bei einem Glas oder zwei Ihren Ausführungen über den neuen Wallander zu lauschen oder der Lesung eines Ihnen persönlich bekannten Dichters. Verschwenden Sie keinen Gedanken an den Bandscheibenvorfall, den Sie vermutlich vom Heben bekommen werden, an den schalen Geruch aus Erbrochenem und verschüttetem Wein, der Sie morgens begrüßen wird, wenn Sie den Laden aufschließen, oder an die Suffnasen, die täglich „zur Verkostung" kommen, ohne je eine Flasche zu kaufen. Denn das haben Sie doch in Ihrem jetzigen Job gelernt: Es gibt kein Problem, das sich nicht in einem halben Liter Pomerol ertränken ließe.

DER ALPTRAUM EINES JEDEN ANGESTELLTEN

Sätze, an denen man einen spießigen Chef erkennt

"Wir haben die Schokoladenkiste abbestellt – ich muß bis zum Sommer dringend ein paar Pfunde verlieren."

"Erwiesenermaßen steigert ein Großraumbüro die Kommunikation unter den Mitarbeitern – und damit auch die Produktivität."

"Ich will mich nicht selber loben. Aber die meisten meiner Mitarbeiter sehen mich nicht als Boß, sondern eher als Förderer, vielleicht sogar als Vorbild."

"Leider war es uns nicht möglich, den Vertrag der Mitarbeiterin zu verlängern. Kommen Sie auch zu ihrer Abschiedsparty?"

… das hätte ich fast nicht besser machen können.

“
Diese E-Mail nicht vor Montagmorgen lesen.
”

“
Hat jemand meine FC-Bayern-Tasse gesehen?
”

“
Karriere zu machen war mir nie wichtig. Das ist einfach so passiert. Mir ging es immer darum, Dinge zu verändern.
”

“
Ein Schreibtisch sollte so ordentlich sein, daß jederzeit auch ein neuer Kollege dort Platz nehmen könnte.
”

… oder muß ich einen Plan machen, wer wann die Spül-maschine ausräumt?

“
Glaswände fördern die Transparenz.
”

… Sie wissen doch, wie die Zeiten sind.

“
Wir konferieren zuviel. Ich habe ein Meeting angesetzt, um das Problem mit allen Beteiligten zu diskutieren.
”

“
Darüber sollten Sie sich keine Gedanken machen. Das besprechen wir auf der Führungsebene.
”

“
Unter der Woche ist es zeitlich immer so eng. Ich habe das Strategie-Meeting auf Sonntag gelegt.
”

“
Es tut mir leid, daß ich bisher keine Zeit hatte, meine Expertise einzubringen.
”

… ich mag Querdenker und Visionäre in meinem Team – Leute wie uns gibt es selten.

Dieses Haus
hat die
Hausnummer
einhundertzwei

"
Der Kollege aus der IT hat meine Freundschaftsanfrage bei Facebook sofort angenommen. Da sieht man, wie gut der vernetzt ist.
"

"
Lampenfieber kenne ich nicht. Jedesmal, wenn ich vor einer Gruppe von Menschen etwas sagen soll, sehe ich das als Chance, die Welt zu verändern.
"

... folgt Dir jetzt auf Twitter.

... ich erwarte ja keine Dankbarkeit. Aber manche hier nehmen wirklich alles als selbstverständlich.

"
Das muß unbedingt noch diese Woche erledigt werden: Nächste Woche bin ich auf einem Kongreß im Silicon Valley.
"

MAHLZEIT!

In der Mittagspause wird jeder zum Spießer

„Du bist, was du ißt" – an keinem anderen Ort gilt diese Weisheit so sehr wie am Arbeitsplatz. Denn zur Mittagszeit, wenn statt Tastaturgeklapper das Rollen von Schreibtischstühlen und das Rascheln von Jacken durch die Flure der haßgeliebten Arbeitsstätte hallen, verwandeln sich die Büroroboter um einen herum für eine Stunde in echte Menschen. Das Mittagessen offenbart einen privaten Blick in die Seele der Kollegen – auch, wenn es einem bei diesem Blick ähnlich geht wie beim Blick auf den Kantinenteller: Was man dort sieht, gefällt einem nicht immer.

Der Kantinenfan

Der Kantinenfan ißt nicht nur in der Kantine, er läßt beinahe seine gesamte Existenz um diesen Ort kreisen. Daß er mit allen Köchinnen per Du und auf Facebook befreundet ist, versteht sich von selbst. Er kennt die Stoßzeiten und weiß, wann es in welcher Schlange am schnellsten geht. Er durchblickt sogar den komplexen und geheimen Rhythmus, in dem die Nachtischschälchen mit der Paradiescreme aufgefüllt werden, und bekommt beim Geheimcode „Na, was habt Ihr heute Feines?" eine Extrakelle vom Geschnetzelten und bei einem gemurmelten „Hab ich heute einen Kohldampf" sogar zwei. Jahrelange Analysen haben ihn gelehrt, welche Gerichte eher zu meiden sind („Nie was mit Brokkoli oder Hülsenfrüchten nehmen – kriegen die einfach nicht gut hin!", raunt er Neulingen zu, wenn er einen gönnerhaften Tag hat). Aufgrund seiner guten Beziehungen bis in die oberste Kantinenpersonalebene hinein bekommt er den Essensplan schon Monate vor dem offiziellen Aushang, so daß er seinen Urlaub entsprechend planen kann – der Fehler, in der „Österreichwoche" verreist gewesen zu sein, soll ihm nicht noch einmal passieren. Seine einzige Sorge – im Ruhestand nicht mehr in der Kantine essen zu können – hat er nun, Jahrzehnte bevor es soweit ist, auch erledigt: In einem genialen Schachzug meldete er seine Chipkarte als verloren und bekam eine neue, mit der er auch im Rentenalter Zugang zu Hackbraten und Kartoffelbrei haben wird.

Beste Taktik, um mit ihm klarzukommen

ihn um Rat fragen. Auf nichts ist der Kantinenprofi so stolz wie auf seine Expertise – egal, ob es um Gulaschsuppe oder Skonto-Konditionen geht.

Sein Lieblingssatz in Meetings

„Ich würd's echt gern machen, aber bei mir ist momentan total Land unter."

Sein Mittagessensgruß

„Ich bin dann mal drüben!“

Das postet er auf Facebook

Fotos seiner Katze – und das komplette Kantinenpersonal liked es.

Wenn er mal Diät macht, ißt er

vergnügt am Salatbüffet – denn er weiß, daß die Waage an der Kasse 2 immer etwas zuwenig anzeigt.

Der Busineß-Luncher

Menschen, die das Mittagessen als Pause ansehen, in der man mit den Leuten, mit denen man sowieso das Büro teilt, über die Bundesliga redet, sind für den Busineß-Luncher Versager. Er weiß, daß das Networking in der Mittagspause seine einzige Chance ist, „aus diesem Puff“ – wie er die Firma natürlich nur heimlich nennt – herauszukommen. Er ist schließlich zu Höherem berufen. Und so packt er sich seinen Blackberry-Kalender mit Lunchdates voll. Am liebsten in einer Filiale der Kette „Vapiano“, denn dort zu speisen fühlt sich für ihn modern und urban an. Wenn man ihn vorsichtig darauf hinweist, daß diese mit ihren Tabletts, ihrer Schlangesteherei und ihren Kartenlesegeräten seiner Firmenkantine doch sehr ähnelt, wird er giftig. „Das kannst du überhaupt nicht vergleichen!“, sagt er dann und hebt seine Pizza an. „Schau mal hier, Steinofen!“ Die Versager-Kollegen sind indes ganz froh über die emsige Terminmacherei des Busineß-Lunchers. Bedeutet das doch immerhin, daß sie ihn aufgrund seiner Ausflüge rund eine Stunde pro Tag weniger zu Gesicht bekommen.

Beste Taktik, um mit ihm klarzukommen

sein Äußeres loben, am besten das Kleidungsstück, das er sich gerade neu gekauft hat.

Sein Lieblingssatz in Meetings

„Ich hab gute Beziehungen in die

Branche und kann da gerne mal ein paar Sondierungsgespräche führen."

Sein Mittagessensgruß

„Ich bin mal weg – braucht noch jemand was aus der City?"

Das postet er auf Facebook

Artikel wie „Seven Habits of Highly Effective People" aus amerikanischen Zeitmanagement-Blogs – die er selbst aber allenfalls angelesen hat.

Wenn er mal Diät macht, ißt er

dasselbe wie immer, fordert den Kellner aber mit viel Tamtam auf, den Weißbrotkorb („leere carbs") vom Tisch zu nehmen.

Die Kantinenhasserin

Sie kann beim besten Willen nicht verstehen, wie sämtliche Kolleginnen und Kollegen tagein, tagaus zur Mittagszeit in die „Abfütterstation" pilgern können. „Wie die Lemminge seid ihr!", ruft sie erbost, geht dann aber mit einem resignierten Schulterzucken doch mit. Denn alleine essen ist auch doof und überhaupt, die Zeit ist knapp und „praktisch ist es natürlich". Dann steht sie verzweifelt zwischen der Ausgabe für „Bohneneintopf Böhmischer Art" und der für „Spaghetti Carbonara", hinter ihr eine drängelnde Reihe von Tabletts, deren Halter nicht verstehen können, was es da so lange zu überlegen gibt. Am Tisch verdirbt sie allen den Appetit, indem sie jedes einzelne Knorpelstück ihrer speckreichen Mahlzeit unter lautem Seufzen auf dem Tellerrand plaziert. Beim Kaffee („Die Maschine überfordert mich jedesmal") philosophiert sie dann darüber, was man aus „dem Laden hier" alles machen könnte. Schwärmt von der Zubereitungszeit und der Frische in asiatischen Garküchen und entwirft im Geiste elegante Sitzlandschaften. Bis sie irgendwann merkt, daß ihre Kollegen schon alle wieder zurück an den Schreibtisch getrottet sind. Diese abgefütterten Lemminge!

Beste Taktik, um mit ihr klarzukommen

sie nach etwas fragen, das sie in ihrem sozialwissenschaftlichen Studium gelernt hat.

Ihr Lieblingssatz in Meetings

„Da kommen wir mit so einer One-Size-Fits-All-Lösung nicht weiter, die Menschen wollen da was Individuelleres!“

Ihr Mittagessensgruß

„Ich bin dann mal drüben!“ (dabei Würgegeräusche und ein in den Hals gesteckter Finger).

Das postet sie auf Facebook

Spiegel-Online-Artikel, in denen von Salmonellen in Großküchen berichtet wird.

Wenn sie mal Diät macht, ißt sie

Quinoa – „das Wunderkorn der Azteken! Aber so was kennen die in der Kantine ja nicht mal ...“

Der Nichtsesser

Er ist selbstverständlich nur ein phasenweise auftretender Typ. Doch zweimal im Jahr bringt der Nichtsesser in seinem Fahrradrucksack ein Buch in die Arbeit: Auf dem Cover springt ein schmales Männchen energetisch aus einer viel zu großen Hose – „Neugeboren durch Fasten“, so der Titel der Fibel. Die Kollegen zucken zusammen, denn sie wissen, daß nun höllische Zeiten anbrechen. Der Nichtsesser wird eine Woche lang nach diesem Buch leben. Nur Kräutertees und ab und zu ein paar Schluck verwässerten Gemüsesaft zu sich nehmen. Jeden Tag ein Einlauf – „aber das klingt schlimmer, als es ist, ehrlich“. Spätestens am zweiten Tag seiner Entbehrungen ist der Nichtsesser jedoch dermaßen reizbar und schlechtgelaunt, daß mehrere Praktikanten weinend hinschmeißen. Richtig auf die Palme bringen kann man ihn, wenn man ihn fragt, wieviel er denn schon abgenommen hat.

Denn dann kommt ein ausufernder Vortrag über Jo-Jo-Effekt und Abnehmwahn. Selbstverständlich fastet der Nichtsesser nur, um seinen Körper von den „Schlacken" zu befreien. Für deren Existenz gibt es zwar keinen wissenschaftlichen Beweis – aber so, wie der Nichtsesser diese beschreibt, muß es sich um eine Mischung aus Altöl und Batteriesäure handeln. Und um die loszuwerden, sind Einläufe und Wutausbrüche ja nun wirklich kein hoher Preis.

Beste Taktik, um mit ihm klarzukommen

---

herausfinden, wann er seine nächste Fastenwoche plant – und genau dann in Urlaub fahren. Ansonsten unkompliziert.

Sein Lieblingssatz in Konferenzen

„In diesem Fall gilt mal wieder: weniger ist mehr ... UND IHR DA HINTEN KÖNNTET MAL SO NETT SEIN UND AUFHÖREN, AUF EUREN HANDYS RUMZUDRÜCKEN, WÄHREND ICH HIER DIE FIRMA RETTE!"

Sein Mittagessengruß

„Wer hat meinen Gemüsesaft aus dem Kühlschrank genommen?"

Das postet er auf Facebook

„Auch hier noch mal die Frage an meine Bürokollegen: Wer hat meinen Gemüsesaft aus dem Kühlschrank genommen? #echtnichtwitzig" (plus grimmiger Smiley).

Wenn er mal Diät macht, ißt er

„Diäten sind für Leute, die abnehmen wollen. Mir geht es ja um Entgiftung!"

Die Salatfrau

Eigentlich will sich die Salatfrau schon seit Jahren selbständig machen. Das Geschäftsmodell wechselt – selbstgemachter Schmuck aus Legosteinen, Farbberatung für Haustiere, „so 'ne Shopping-App für fair gehandelte Klamotten" – aber der Absprung vom Büroleben will nie so recht klappen. Immerhin gibt es so regelmäßig neue Geschichten für die Kollegen, die geduldig zuhören, während die Salatfrau („Ich hab gar keinen so großen Hunger") auf ihrem Teller herumpickt. Geschichten von Billigprogrammierern in der Ukraine, von Busineßplänen und von Gründerseminaren der Handelskammer. Nachmittags, während sie heimlich googelt, ob es den Namen, den sie sich für ihr Start-up ausgedacht hat, schon gibt oder nicht, meldet sich plötzlich jedoch großer Heißhunger. Eine Stunde ist die Salatesserin knatschig, dann hält sie es nicht mehr aus und plündert die „Sweetbox" mit den Schokoriegeln und

Gummibärchen. Obwohl sie in einer Art Selbstgeißelung den doppelten Betrag in die kleine Kasse neben der Freßkiste wirft, läßt sie sich abends verzweifelt ob ihrer mangelnden Disziplin auf ihr Sofa fallen. Mailt dem ukrainischen Programmierer, daß sie es sich doch noch einmal überlegen muß mit der genauen Ausrichtung der App, die er ihr bauen soll – und schaut zwei Folgen „Girls" auf ihrem Macbook Air.

Beste Taktik, um mit ihr klarzukommen

Interesse an ihren Plänen zeigen und auch abseitigste Hirngespinste mit einem „Spannende Idee!" quittieren. Das meiste vergißt sie nach zwei Tagen selbst wieder.

Ihr Lieblingssatz in Meetings

„Ich finde, wir müssen da mehr auf Nachhaltigkeit setzen – das will letztendlich auch die Zielgruppe."

Ihr Mittagessensgruß

„Huhu! Sag mal, warst du in letzter Zeit mal wieder beim Yoga? Ich war schon eeewig nicht mehr."

Das postet sie auf Facebook

so gut wie nichts – sie ist stattdessen Tag und Nacht auf Pinterest.

Wenn sie mal Diät macht, ißt sie

Kräutertee und verdünnten Gemüsesaft (siehe „Der Nichtsesser").

Die Warmmacherin

Während ihre Kollegen die Büroküche eigentlich nur betreten, um dort ungestört Privattelefonate zu führen oder nach einer Vase zu fahnden, wenn ein scheidender Mitarbeiter einen Abschiedsstrauß Blumen bekommt, ist die Warmmacherin in dem kleinen Kabuff am Ende des Büroflurs beinahe zu Hause. Hier macht sie sich die Reste ihres gestrigen Abendessens warm, und während die Dämpfe ihrer Kohlrouladen das gesamte

Stockwerk zu einem kollektiven Augenrollen veranlassen, kocht sie sich gleich noch eine große Kanne Kräutertee. Sollen die anderen doch Caffè latte für fünf Euro trinken und minderwertiges Sushi für das Dreifache futtern! Sie hatte bereits mit Ende 20 eine Eigentumswohnung. Dafür zwar keine Beziehung, aber ihre Mutter wäre davon eh nicht so begeistert. Denn dann könnte sie vermutlich am Wochenende nicht mehr so oft zu Besuch kommen. Außerdem braucht sie niemanden, sie hat ja ihren Wellensittich und den „Bücherstammtisch", eine Leserunde, in der sie sich zuletzt den neuen Kehlmann vorgenommen haben. Für den würde sie gerne mal kochen, der weiß sicher auch Kohlrouladen zu schätzen. Und Mutter würde ihn wahrscheinlich auch mögen.

Beste Taktik, um mit ihr klarzukommen

---

an Unbekanntes schrittweise heranführen und Analogien zu bereits Vertrautem schaffen: „Das mußt du dir im Prinzip vorstellen wie einen Rundbrief oder eine Telefonkette ..."

Ihr Lieblingssatz in Konferenzen

„Ich weiß nicht, ob man da gleich solche Unsummen an Geld in die Hand nehmen muß."

Ihr Mittagessensgruß

---

das schmatzende Geräusch, das ihre Tupperschüsseln beim Öffnen machen.

Das postet sie auf Facebook

---

was Witziges aus der Titanic – „aber halt nicht die ganz fiesen Sachen".

Wenn sie mal Diät macht, ißt sie

---

von zu Hause mitgebrachte Rohkost. Riecht nicht so wie die aufgewärmten Kohlrouladen, dafür hört man das Mohrrüben- und Radieschenknurpsen bis in angrenzende Stockwerke.

Die Lieferservice-bestellerin

Für Kantinen-Small-talk hat die Bestellerin ebensowenig Zeit wie für Warterei in Restaurants („Wie ineffizient das hier organisiert ist. Also organisiert in Anführungszeichen.“) Statt dessen hat sie die Telefonnummer von mehreren Lieferservicen auf Kurzwahl in ihrem Telefon gespeichert und deren Speisekarten als PDF auf ihrem Computerdesktop – ihre Bestellungsbestzeit liegt bei 35 Sekunden „und da war noch ein Nachtisch mit dabei und die Telefonistin war schwerhörig“. Ihre Arbeit besteht ausschließlich aus „Projekten“, die noch „gerockt“ werden müssen – und zwar „zeitkritisch“. Die Lieferung von Pizzaflizza oder Burgerbringer wird also am Schreibtisch eingenommen, nur keine Zeit verlieren: work hard, play hard, eat fast. Abends, wenn sie als letzte im Büro das Licht ausmacht, fühlt sich die Bestellerin ein wenig träge – aber im Fitneßstudio auf dem Nachhauseweg kann sie ja noch ein paar Kalorien abtrainieren und dabei Börsennachrichten gucken. Oder auf dem Stepper ein paar Mails ins Tablet schreiben, denn „die New Yorker sind eh noch wach“.

Beste Taktik, um mit ihr klarzukommen

die Sachen liken, faven und sonstwie digital gut finden, die sie am Wochenende bei Instagram und Twitter postet, wenn sie ihre diversen Extremsportarten betreibt.

Ihr Lieblingssatz in Meetings

„Early to market ist wichtig, in so einem Winner-take-all-Szenario. Da müssen wir ASAP ran, notfalls im Stealth Mode.“

Ihr Mittagessensgruß

„Rock on!“

Das postet sie auf Facebook

YouTube-Videos von Leuten, die von Sachen runterspringen.

Wenn sie mal Diät macht, ißt sie

California-Rolls vom Lieferservice Sushi-Blitz – „soooo killerlecker!"

Der Stullenschmierer

Der Stullenschmierer braucht Rituale und Verläßlichkeit in seinem Leben – beruflich wie privat. Wenn der Platz, auf dem er sein Liegerad vor dem Bürogebäude anzuketten pflegt, von einem Normalrad blockiert ist, bekommt er ebenso schlechte Laune, wie wenn seine Frau die Reihenfolge von Salatblatt und Tomate auf dem belegten Brot verwechselt hat. „Das Salatblatt dient dazu, die Tomate daran zu hindern, in das Brot hineinzusuppen", zischt er sie dann am Telefon an, das Debakel in der Stullenbox mit Handballvereinsaufdruck vor sich aufgebaut. Er ist in der Regel etwas älter als die Lieferservicebestellerin oder der Busineß-Luncher und wird in der Extremvariante vom Stullenschmierer zum Heimfahrer: Da er nicht nur nahe seines Arbeitsplatzes, sondern auch in einer sehr traditionellen Geschlechterrolle lebt, stellt ihm seine Frau zu Hause jeden Tag um 12.30 Uhr das Mittagessen auf den Tisch. Nach dem Essen und einem Kuß auf die Stirn, liegerollt er wieder zurück in die Arbeit und war „auch nicht länger weg als die anderen". Zumindest betont er das immer wieder gegenüber seinem Chef. Dem ist „der alte Kauz" schon seit Jahren ein Dorn im Auge – auch wenn er offiziell natürlich stets nur vom „hochgeschätzten Betriebsratskollegen" spricht.

Beste Taktik, um mit ihm klarzukommen

sich frühzeitig seine Loyalität sichern, indem man ihn gegen einen hämischen Witz des Busineß-Lunchers in Schutz nimmt. Nichts zählt für den Stullenschmierer soviel wie Treue und Ehre.

Sein Lieblingssatz in Meetings

„Ich finde, solange wir keine belastbaren Zahlen haben, sollten wir erst mal abwarten. Oder in der Zentrale fragen, wie das normalerweise gehandhabt wird."

Seine Mittagessensgruß

„Mahlzeit!" (allerdings mit ironischem Unterton, seit ihm jemand erklärt hat, daß das „voll typisch deutsch" sei)

Das postet er auf Facebook

die „witzige" Werbung von Sixt zu irgendeinem aktuellen Ereignis – „Hihi, schaut mal: die Merkel im Cabrio!"

Wenn er mal Diät macht, ißt er

mißmutig, aber gottergeben – Gurkensalat und Müsliriegel.

„Vielleicht ist es vornehmer, wenn es nur 5 cm herausguckt …“

KAPITEL IV

GUTER STIL KOMMT VON INNEN

Aus dem Portemonnaie zum Beispiel. Spießer wissen nämlich, daß sich Stilsicherheit problemlos kaufen läßt – wenn man die guten Adressen kennt. Nicht ganz so einfach eignet man sich einen souveränen Umgang mit schwierigen Situationen oder eine Haltung zu den Sinnfragen des Lebens an. Aber wozu gibt es Bücher wie dieses?

ZEIT-MANAGEMENT FÜR PHIL-ANTROPEN

Wie der moderne Spießer Gutes tut

Sie verstehen, daß man sich in schwierigen Zeiten an Sie wendet. Sie sind auch gerne bereit, eine gute Sache zu unterstützen. Leider fehlt Ihnen wegen anderer Verpflichtungen meist die Zeit. Mit dem richtigen Zeitmanagement lassen sich zum Glück fast alle Probleme lösen.

Problem

Die Schulbibliothek hatte einen Wasserschaden

Naheliegend

der Putzfrau sagen, sie soll einen Kuchen für den Wohltätigkeitsbasar backen

Sinnvoller

ein paar Bücher über Selbstmanagement, Nachhaltigkeit, Enthaltsamkeit und gute Manieren bestellen und der Schule schenken – die Kinder bekommen genug Unvernünftiges zu lesen.

Wirklich effektiv

Einen Teil der eigenen Bibliothek stiften. Der neue Fernseher braucht ohnehin so viel Platz.

Problem

Die Schwägerin will sich scheiden lassen

Naheliegend

sie anrufen und ihr versichern, daß man emotional ganz bei ihr ist – aber auf ihren Mann als Steuerberater wirklich nicht verzichten kann.

Sinnvoller

ihr anbieten, erst mal in das Ferienhaus auf Gomera zu ziehen. Im Winter läßt es sich ohnehin nicht vermieten, und im vergangenen Jahr wurde zweimal eingebrochen, weil es zu lange leer stand.

Wirklich effektiv

sie einladen, in den kommenden Wochen bei einem zu wohnen – und selbst so lange wandern gehen. Die Kinder bringen sie sicher auf andere Gedanken.

Problem

Asylsuchende haben auf dem Marktplatz ein Camp aufgeschlagen

Naheliegend

die Jacken, die der Designer-Secondhandladen nicht wollte, als Zeichen der Solidarität vorbeibringen.

Sinnvoller

auch die ungesunden Softdrinks der Kinder mitnehmen. Die werden sonst zu dick.

Wirklich effektiv

auch in den Hungerstreik treten. Nach dem Heilfasten in Binz gab es so viele Komplimente für den Teint und die Figur

Besuch ist da

REGELN

für den guten Gastgeber

Um Übernachtungsgäste so zu beherbergen, daß diese sich wohler fühlen als im Hotel, braucht man Feingefühl. Die nachfolgende Liste soll Ihnen dabei helfen, sich auf den nächsten Besuch vorzubereiten. Außer, es handelt sich bei den Gästen um den eigenen Nachwuchs. Dann machen Sie am besten alles so wie immer.

Regel Nr. 1

Lassen Sie sich An- und Abreisezeiten mindestens sechs Monate im voraus geben – auf die Minute genau. Sie wollen doch vorbereitet sein!

Regel Nr. 2

Bestätigen Sie die genannten Termine zur Sicherheit einmal pro Monat. Erhöhen Sie die Frequenz vier Wochen vor dem Besuch auf wöchentlich, in der letzten Woche auf täglich.

Regel Nr. 3

Erinnern Sie rechtzeitig daran, daß Sie vegan leben / kein Gluten vertragen / an einer Milchallergie leiden und daher entsprechende Lebensmittel nicht im Haus haben. Weisen Sie unauffällig auf die letzten Gäste hin, die sich ihren eigenen Käse mitgebracht haben. Streuen Sie dabei Bemerkungen wie „ein wenig unhöflich" und „es wird doch auch mal ohne gehen" ein.

Regel Nr. 4

Schicken Sie im letzten Moment eine E-Mail, daß Sie nun doch Mettwurst, Baguette und Vollmilch eingekauft haben – für lieben Besuch sind Sie eben, haha, „zu allen Schandtaten bereit". Versprechen Sie, sich „bei den gemeinsamen Mahlzeiten zusammenzureißen".

Regel Nr. 5

Räumen Sie am Tag vor der Ankunft alles akribisch auf, achten Sie auf akkurat im rechten Winkel ausgelegte Angeberzeitschriften wie „Texte zur Kunst" und „Monocle" auf dem Wohnzimmertisch. Wenn der Besuch dann da ist, entschuldigen Sie sich wortreich dafür, „wie es hier wieder aussieht ..."

Regel Nr. 6

Auch wenn Sie einen Ersatzschlüssel haben: händigen Sie diesen nicht aus. Sagen Sie ihren Gästen statt dessen, daß Sie ohnehin immer zu Hause sind – und natürlich besonders gern, wenn so netter Besuch da ist.

Regel Nr. 7

Vergessen Sie nicht, den Hund mit den Gästen bekannt zu machen. Daß er Ihre neue Putzfrau für einen Einbrecher gehalten hat, war sicher nicht seine Schuld, aber die Blumen und Pralinen, die Sie ihr ins Krankenhaus schicken mußten, in der Summe doch recht teuer.

Regel Nr. 8
Nehmen Sie nicht die feinste Bettwäsche, um das Gästebett zu beziehen – Sie wollen doch niemanden einschüchtern –, aber lassen Sie den Besuch wissen, daß „das Beste für Euch gerade gut genug ist."

Regel Nr. 9
Vergessen Sie nicht, Ihre teuren Shampoos und Parfums in die abschließbaren Schränke umzuräumen. Sie wollen doch niemanden in Versuchung führen!

Regel Nr. 10
Öffnen Sie die Tür und die Fenster des Gästezimmers mindestens dreimal am Tag, um „frische Luft hereinzulassen".

Regel Nr. 11
Wenn der Gast Toilette oder Bad nicht sauber hinterläßt, sprechen Sie das möglichst beiläufig in einem entspannten Moment an – zum Beispiel am Frühstückstisch.

Regel Nr. 12
Wenn der Besuch joggen war oder abends länger in einer Bar: Hängen Sie die getragenen Kleider zum Lüften nach draußen – ohne daß der Gast darum bitten muß.

Regel Nr. 13
Sorgen Sie dafür, daß mindestens drei Mahlzeiten am Tag auf den Tisch kommen. Bekräftigen Sie mehrmals, daß das „gar keine Mühe macht".

Regel Nr. 14
Ermutigen Sie Ihre Kinder, die Gäste morgens zu wecken. Es wäre doch schade, wenn diese die knapp bemessene gemeinsame Zeit einfach verschlafen.

Regel Nr. 15
Legen Sie eine Liste aus, in der die Gäste ihren morgendlichen Slot für die Benutzung des Bades eintragen können.

Regel Nr. 16

Fühlen Sie sich für die Körperhygiene Ihrer Gäste mitverantwortlich. Wenn nötig, legen Sie Schuppenshampoo, Lady-Shaver, Mundwasser oder Deo ins Gästezimmer. Ihr Besuch wird Ihre Diskretion zu schätzen wissen.

Sowie ein paar REGELN für gute Gäste

Regel Nr. 1

Verbringen Sie die ersten zehn Minuten nach der Ankunft damit, die Einrichtung, den Schnitt oder den Ausblick der Gastgeber-Immobilie zu loben.

Regel Nr. 2

Verwenden Sie anschließend zwei Stunden auf die präzise Schilderung der Anreise.

Regel Nr. 3

Bei PKW-Fahrten beziehen Sie bitte alle verschiedenen Autobahnrouten mitsamt Vor- und Nachteilen ein: „Normalerweise wären wir ja über die A8 gekommen, aber seit sie da diese Baustelle haben, braucht man ewig."

Regel Nr. 4

Im Falle einer Anreise per Bahn vergessen Sie nicht, präzise zu schildern, wie sich die Verspätung des Zuges im Lauf der Fahrt entwickelt hat („In Ingolstadt waren es schon 18 Minuten, und dann sind wir in Jena-Paradies noch mal so lange gestanden, ich dachte schon, es geht gar nicht mehr weiter") und wie fraglich es zu welchem Zeitpunkt war, ob sie den Anschlußzug in Wittenberg noch erwischen würden.

Regel Nr. 5
Bringen Sie die Rede so lange auf die Blumenvase in Herzform, die Sie bei Ihrem letzten Besuch mitgebracht haben, bis die Gastgeber sie entweder vorzeigen – oder schuldbewußt gestehen, daß sie ihnen „leider heruntergefallen sei".

Regel Nr. 6
Prüfen Sie anhand der Rillen auf den Buchrücken, wie viele der Bücher im Regal die Gastgeber tatsächlich gelesen haben.

Regel Nr. 7
Stellen Sie im Lauf Ihres Aufenthalts immer wieder Vergleiche zu ihrer eigenen Wohnsituation an und betonen Sie subtil, daß Sie es bei sich zu Hause schon besser finden. „So mitten in der Stadt ist ja schon schön, aber mir wäre es hier zu laut" kann ganz nach Bedarf gegen „Nichts gegen Ruhe, aber mir wäre es hier auf Dauer ein wenig ZU ruhig" ausgetauscht werden. Dabei ein gewinnendes Lächeln nicht vergessen!

Regel Nr. 8
Wenn es Ihnen gut gefällt – oder Sie gerade ein wenig knapp bei Kasse sind und es Ihrem Konto guttut, ein wenig durchgefüttert zu werden – verlängern Sie Ihren Aufenthalt ruhig eine Woche. Kein guter Gastgeber wird Ihnen das abschlagen.

Regel Nr. 9
Kündigen Sie während des Aufenthalts mehrmals lautstark an, daß Sie Ihre Gastgeber am Ende „groß ausführen" werden. Schwenken Sie in der letzten Minute dann doch um auf „heute Abend kochen wir mal für Euch – Ihr müßt uns nur sagen, wo alles steht". Die Gastgeber werden zwar enttäuscht sein über das ihnen entgangene Essen im Nobelrestaurant – sind aber machtlos gegen Ihren Einwand „hier bei Euch ist es doch viel gemütlicher als in einem anonymen Restaurant".

Sie sind überall! 5

Spießertypen, denen man auf Reisen begegnet

Wer reist – selbst wenn es nur bis zum Bodensee ist –, ist in seinem Herzen ein Abenteurer. Spätestens, seit der Tourismus-Pionier Thomas Cook im Jahr 1841 eine Gruppe Abstinenzler mit dem Versprechen auf eine Tasse Tee, ein Schinkenbrot und einen Stehplatz im offenen Zugwaggon für eine Gruppenreise gewann und damit die Standards für alle zukünftigen Pauschalreisen setzte, steht fest: Touristen sind Entdecker – vor allem, wenn es um die Macken der Mitreisenden geht. Als Vielreisender, der Sie sind, hätten Sie dazu sicher auch einiges zu sagen. Dem einen oder anderen der nachfolgend Beschriebenen sind Sie bestimmt schon mal begegnet. Vielleicht während des Check-Ins am Flughafen oder an Deck einer Fähre. Möglicherweise aber auch im Bad Ihres Hotelzimmers – morgens, beim Blick in den Spiegel.

Der Vielflieger

1 Wenn er reist, ist jeder Schritt genau getaktet: raus aus dem Taxi, rein ins Terminal, BagDrop, Priority Line, Speedy Boarding. Seinen Aktenkoffer nutzt er, um sich durch die blökende Menge schafsköpfiger Pauschalreisender bis zum Schalter zu schaufeln. Während des Einsteigens müssen dann alle anderen warten, bis er sein iPad gefunden und den zu großen Trolley ins Handgepäckfach geschoben hat. Dann macht er es sich bequem, bis der Mitreisende hinter ihm vor Schmerz heult, weil der nach hinten geklappte Sitz – so viel Raum muß sein – ihm die Kniescheibe anhebt. Zum Glück hat der Vielflieger seine Sennheiser-Kopfhörer mit Außengeräuschunterdrückung immer dabei und kann das Schluchzen ausblenden. Weil er mehr Zeit auf Flughäfen als mit seiner Frau verbringt, fühlt sich der Vielflieger nicht nur den anderen Passagieren, sondern auch der Crew überlegen: sein Smartphone schaltet er nur aus, wenn der Steward ihn in den Schwitzkasten nimmt. Sobald dieser ihm den Rücken zudreht, macht er es wieder an – immerhin gibt es keine wissenschaftlichen Belege dafür, daß ein paar E-Mails zu einem Flugzeugabsturz führen können.

Woran man ihn erkennt

sein Handy ist das erste, das nach der Landung piept.

Was er sagt

„Für ein 72-Wochen-Abo von Focus Money bekommt man 18.000 Meilen, wenn man mit Barclaycard zahlt – aber nur im Februar."

Was er meint

Wenn Du Würstchen so geschickt kalkulieren würdest, wie ich, müßtest Du nicht Holzklasse fliegen.

Sein nächstes Ziel

Senator-Status.

Die Mädels vom Tennisclub

2 Die vier Frauen mit den buntgesträhnten Kurzhaarschnitten sind nicht wirklich miteinander befreundet. Aber sie fahren lieber miteinander weg, als noch einen Mallorca-Urlaub mit ihren Männern zu planen. Mindestens einmal im Jahr sind sie für ein verlängertes Wochenende, manchmal auch für eine ganze Woche, gemeinsam auf Reisen. Dem voran gehen mehrere Streits über mögliche Ziele und die Bedeutung der Sterne-Kategorien im jeweiligen Land. Fremde mögen die Tennismädels nicht so gerne: ihre Ziele sind wenig exotisch und in maximal drei Flugstunden zu erreichen. Nach der Ankunft in El Mèdano oder Rijeka und der ersten Runde Schnaps macht ihre Abenteuerlust jedoch auch vor Bauch, Bart und Brille nicht halt.

Woran man sie erkennt

an den lustigen T-Shirts, die sie sich gemeinsam gekauft haben, und ihrer Lautstärke. Auch während des Starts eines A380 kann man ihrer Unterhaltung im benachbarten Terminal noch folgen, ohne die Ohrenschützer abnehmen zu müssen. Beliebte Themen der „einfach gut druffen" Runde: Giselas Scheidung („überfällig"), Mariannes Entscheidung für Permanent-Make-up („du siehst wirklich um Jaaahre jünger aus") sowie die Affäre der Landrätin ihrer Heimatgemeinde mit dem Gärtner („Von mir wisst ihr's aber nicht!")

Was sie sagen

„Schön sauber, das Hotel!"

Was sie meinen

zum Glück nur Deutsche hier.

Ihr nächstes Ziel

das Sauerland Stern Hotel in Willingen. Auf der Kegelbahn läßt es sich so nett schäkern.

Der Backpacker

3 Seit er mit 15 Jahren den Aussteigerfilm „The Beach“ gesehen hat, weiß er, daß das Reisen nicht der Entspannung, sondern einem höheren Zweck dient. Nur der Auserwählte wird in der Lage sein, das Paradies zu finden, um es dann für immer gegen Pauschalreisende und Bustouristen zu verteidigen. Und gegen alle anderen, die in Badehosen und mit Sonnencreme bewaffnet ausgezogen sind, den Frieden am entlegensten Ort der Welt zu stören. Bevor er sich aber als Bewahrer des legendären Strands von Shangritralala in Stellung bringen kann, muß der Backpacker diesen erst mal lokalisieren. Dabei helfen ihm die anderen Backpacker, die er in Hostels und Internet-Cafés trifft und dort oft über Stunden und Tage ausfragt: Woher sind sie gekommen, wohin gehen sie, was haben sie gesehen, wie viel haben sie in Pakokku im Waschsalon bezahlt und reicht eine Tube Zahnpasta wirklich, wenn man bis Bangalore trampen will? Aus den so gesammelten Informationen generiert der Backpacker das Koordinatensystem, das ihn bei seiner Suche leiten soll. Da er das Hostel aber nur verläßt, wenn dort das WLAN ausfällt und er nicht gern mit Einheimischen spricht, wird auch er wie all die Backpacker vor ihm den fast zugewucherten Pfad übersehen, der hinter dem örtlichen Starbucks in den Urwald führt und den die Einheimischen die „Straße nach Shangrila" nennen.

Woran man ihn erkennt

An den Dreadlocks aus Accra, den Plastikschlappen aus Ho-Chi-Minh-Stadt, den Bettwanzenbissen aus San Diego und dem von Sonnenöl getrübten Blick.

Was er sagt

„Bist Du Tourist oder Traveller?"

Was er meint

Schnorre ich Dich an, oder schleppe ich Dich in meine Cabaña?

Sein nächstes Ziel

Dschibuti. Das gehört angeblich zu den am wenigsten besuchten Ländern der Welt. Trotzdem gibt es Bananen-Pfannkuchen.

Die Sinnsuchende

4 Sie sähe ja aus wie die Brünette, die auf dem Bild von Maharishi Mahesh Yogi mit seinen Jüngern neben George Harrison steht, erzählt sie ungefragt ihrem Sitznachbarn im Flugzeug. Zumindest hätte man ihr das schon öfter gesagt. Dann drapiert sie sich den Kaschmirschal um die Schultern, der nach Patschuli riecht, und faucht die Stewardeß an, weil diese ihr statt Jasmintee einen Pfefferminztee gereicht hat. Wer beruflich öfter nach Indien (auch: Bali oder Jamaika) fliegt, ist ihr sicherlich schon einmal begegnet. Man trifft sie immer auf denselben Linien. Die Sinnsuchende reist nicht, um Urlaub zu machen, sondern um spirituell heimzukehren, und man hat eben nur eine Heimat. Wenn sie in Deutschland weilt, wo sie als Steuerfachgehilfin in einer Kanzlei arbeitet, trägt sie Turban und Fußkettchen, um ihr Karma hochzuhalten – ihr Chef hat zum Glück nichts dagegen. In Indien/Bali/Jamaika verbringt sie ihre Tage damit, nach alten Männern im Lendenschurz Ausschau zu halten, mit denen sie am Strand sitzen und kiffen kann. Das bringe sie metaphysisch weiter, sagt sie. In Deutschland seien die Menschen nicht offen für die Weisheit des Alters und überhaupt viel zu unentspannt. Die alten Inder/Balinesen/Jamaikaner indes wissen, daß die Sinnsuchende, wenn sie nur lange genug aufs Meer hinausschweigen, ihnen Geld für ein paar Bier zustecken wird, und schlagen deswegen ab und an die Zehen bedeutungsvoll übereinander, um dem Gast ihre Verbundenheit mit dem Universum zu demonstrieren. Wenn die Sonne untergegangen und die Sinnsuchende in ihr Bed&Breakfast zurückgekehrt ist, weint sie aus Dankbarkeit für diese Erfahrung ein paar Tränen in ihren Seidenschlafsack. Manchmal auch aus Scham: Als achtsames Wesen mit Respekt für den Kosmos hätte sie die Kakerlake im Bad eigentlich behutsam nach draußen geleiten müssen. Aber drauftreten ging schneller.

Woran man sie erkennt

---

am Klingeln ihrer Armreifen.

Was sie sagt

„Entspann Dich und komm erst mal ganz bei dir an!"

Was sie meint

Wenn Du meinen Yogalehrer weiter so anhimmelst, lege ich Feuer unter Deiner Matte.

Ihr nächstes Ziel

---

der Sivananda Kutir Ashram im Himalaya.

Der Stammgast

5 Wenn er nicht wäre, „hätte Stavros die Hütte schon längst zumachen können". Davon ist der Stammgast überzeugt. Seit mittlerweile 17 Jahren verbringt er seinen Sommerurlaub im selben familiengeführten Hotel und fühlt sich deswegen den anderen Gästen, aber auch dem Hotelbesitzer überlegen. Hat er mit seinem durch Schichtarbeit verdienten Geld, das er Sommer für Sommer auf die Insel bringt, etwa nicht einen Anspruch auf den Liegestuhl in Barnähe und ein Extrabadehandtuch erworben? Steht ihm nicht, wo er doch nie herrisch war und immer 20 Cent Trinkgeld beim Abendessen gab, nicht die Dankbarkeit von Stavros' Frau und Kindern zu oder zumindest die der „rassigen" Bedienung? Selbst als vor Jahren die Wälder um das Hotel in Flammen standen, ist er nicht wie all die anderen Touristen in den wartenden Neckermann-Bus gestiegen, sondern geblieben und hat sich diese Treue lediglich mit einer Flasche Ouzo zum Abschied entlohnen lassen. Aber der Grieche kennt ja keine Loyalität, nicht? Tatsächlich hat der Stammgast dem Hotelier über die Jahre schon den einen oder anderen Dienst erwiesen: Er hat geholfen, das Wespennest unter dem Südbalkon auszuräuchern, die Bar neu zu streichen und ist mit der hochschwangeren Hoteliersgattin ins Krankenhaus gefahren, weil ihr Mann die Rezeption nicht alleine lassen konnte. Stavros ist ihm wirklich dankbar dafür. Wäre der Stammgast nicht ständig darauf bedacht, die Familie und die anderen Hotelgäste an sämtliche seiner Taten der letzten Jahre zu erinnern, könnte er diesem das auch zeigen – ohne dabei die Zähne zusammenbeißen zu müssen.

Woran man ihn erkennt

Seine Sonnenröte reicht nur bis zur unteren Wade, darunter ist die Haut weiß bis zu den Zehen. Wenn er nicht am Pool liegt, trägt er nämlich Tennissocken.

Was er sagt

Die Lampe über dem Eingang flackert nun schon seit zwei Jahren. Das ist doch kein Zustand!

Was er meint

Wenn Stavros mich endlich fragen würde, ob ich bei ihm als Hausmeister anfangen möchte, würde ich das sofort in Ordnung bringen.

Sein nächstes Ziel

---

sich noch eine Flasche Ehren-Ouzo verdienen – und nächstes Jahr den Flug online zum Schnäppchenpreis buchen.

DAS FEIERN VERLERNT MAN DOCH NICHT

Und wenn, sollte man es sich nicht anmerken lassen

Die Kinder sind in der Skifreizeit, der Hund bei den Eltern und das alte Jahr geht zu Ende – beste Voraussetzungen für eine gute Party! Aber wie ging das mit dem Feiern gleich wieder? Seit die letzten Geschiedenen im Freundeskreis wieder geheiratet haben, sind die Anlässe rar geworden. So rar, daß Sie bei der Beerdigung, auf der Sie kürzlich eingeladen waren, dem DJ vor Aufregung High five gegeben und laut „Wo ist der Deinhard?" gerufen haben – noch während der Priester die Homilie vorlas. Die folgenden Tipps sollen Ihnen dabei helfen, sich auf die nächste Partynacht vorzubereiten.

Denken Sie sich ein Motto aus. Die Toga-Partys Ihrer Studentenverbindung waren doch der Knaller – warum nicht eine „Spartakus"-Nacht feiern?

Laden Sie mindestens 14 Freunde ein. Das sind mehr, als Ihre Frau Filzpuschen gebunkert hat. So haben Sie nicht nur eine Chance, mal wieder eine Frau mit High Heels durch Ihr Wohnzimmer gehen zu sehen, sondern stellen auch sicher, daß die Nachbarn, die nicht eingeladen sind, etwas von der Sause mitbekommen.

Zeigen Sie den Gästen, wo diese ihre Jacken ablegen können. Falls es das Schlafzimmer ist, kommentieren Sie mit: „Die besten Partys enden natürlich nicht in der Küche, sondern hier."

Machen Sie sich eine Liste mit Witzen, die Sie im Lauf des Abends erzählen wollen, und lernen Sie diese auswendig. Selbst wenn Ihre Frau versucht, Sie zu unterbrechen, sollten Sie ohne zu zögern zurück zur Pointe finden!

Sammeln Sie Musikwünsche schon Wochen vor der Party in einem aufwendigen Rundmail-Verfahren ein. Erstellen Sie dann eine Playlist auf Ihrem Computer, die einer exakten durchgeplanten Chronologie aus Gassenhauern, Balladen und Mitgrölhits folgt. Wenn jemand ausgelassen tanzen möchte, während gerade Balladenzeit ist, scheuen Sie sich nicht, ihn zur Ordnung zu rufen.

Sammeln Sie alle Handys der Gäste ein, wenn Sie diese begrüßen. Schließlich sollen sich diese miteinander unterhalten und nicht SMS schreiben oder Fußballergebnisse checken.

Gehen Sie nachsehen, wenn jemand zu lange auf der Toilette bleibt. Klopfen Sie höflich an die Tür und fragen Sie: „Alles klar da drin?“

Zeigen Sie Rauchern, wo im Garten der Aschenbecher steht. Wenn es regnet, achten Sie darauf, daß niemand den Aschenbecher mit in die Wohnung nimmt. Tragen Sie diesen notfalls eigenhändig wieder nach draußen.

Gehen Sie mit gutem Beispiel voran: Lachen Sie viel und hörbar.

Stellen Sie sicher, daß Sie Partytanz-Hits wie „Macarena“, den „Ketchup Song“ und „Cowboy und Indianer“ in Ihrer Musik-Playlist haben. Bieten Sie, sobald einer der Songs spielt, der schönsten Frau im Raum an, ihr die Schritte zu zeigen – auch wenn diese gerade mitten im Gespräch ist.

Lassen Sie sich von einem Korb auf der Tanzfläche auf keinen Fall entmutigen. Tanzen Sie einfach mit der Rückseite der Person.

Demonstrieren Sie, was Sie im Barkeeper-Kurs gelernt haben: Referieren Sie bei allen Drinks Alkoholgehalt und Verkostungsergebnisse.

Vergessen Sie nicht: Auch über Bier gibt es eine Menge Wissenswertes zu sagen.

Wenn Sie an der Bar stehen: Gehen Sie auf Getränkewünsche nur ein, wenn Sie ohnehin gerade dabei waren, einen „Screaming Orgasm“ zu mixen. Deuten Sie mit ausgestrecktem Arm auf die Person und antworten Sie: „Kommt sofort!“ Wenn jemand Wasser möchte, reichen Sie das Glas mit einem „Besser als in den Beinen, was?“ rüber.

Wenn jemand sein Glas zum Trinken ansetzt, zaghaft flirtet oder versehentlich Ihre Frau anrempelt, brüllen Sie: „Tu es für Sparta!“

„Machen Sie bloß leise beim Umblättern!"

GANZ SCHÖN ROCK 'N' ROLL

Ihre Freunde wissen Ihren Musikgeschmack zu schätzen, denn ...

1.

Sie glauben, die Toten Hosen seien Punk.

2.

auch Heino halten Sie neuerdings für Punk. Und für „witzig".

3.

die Staubschicht auf dem „Klavier Kaiser", der CD-Box der Süddeutschen Zeitung, verrät Ihr „Faible" für klassische Musik.

4.

Sie sind ein Fan des Grafen, Ihre Sesamstraßen-Phase ist aber seit 20 Jahren vorbei.

5.

Sie kommentieren jedes neue Madonna-Album mit „toll, wie sie sich immer wieder neu erfindet".

6.

Sie haben ein Abo des deutschen Rolling Stone.

7.

als Sie 1995 bei WOM „Nevermind" von Nirvana kauften, versicherte Ihnen der Verkäufer, Sie wären der erste, der nach der Platte fragen würde. Sie haben ihm tatsächlich geglaubt und sind bis heute stolz darauf, Grunge entdeckt zu haben.

8.

mit Roxy Musics „For Your Pleasure“ haben Sie immer jede rumgekriegt. In den letzten 20 Jahren lief es plötzlich nicht mehr so gut.

9.

die Kinder sind längst aus dem Haus, aber im CD-Wechsler im Auto liegt immer noch Rolf Zuckowskis „Nackidei“.

10.

Sie können sich nicht mehr erinnern, was am 11. September passiert ist, aber vermissen den Song von Enya, der damals immer in den Nachrichten lief.

11.

die Songs auf „Dirty Dancing Original Soundtrack“ finden Sie „ganz schön wild“.

12.

wenn Besuch kommt, zögern sie, Musik von Arcade Fire aufzulegen – aus Angst, es könnte Inge und Wolfgang „dann doch zu kraß“ sein.

13.

wenn man Sie nach Ihrem Lieblingslied fragt, antworten Sie: „dieser coole Song aus der Werbung“.

14.

warum das Saxophon kaum noch als Soloinstrument eingesetzt wird, ist Ihnen unbegreiflich.

15.

Sie finden „Kuschelrock” zu kommerziell, legen aber ohne nachzudenken „Moon Safari“ von Air auf, wenn Sie ein Date haben.

„Ich habe keine Zeit, ich muß die Bücher richtig einordnen."

Erbauliches für jede Lebenslage

27

Bücher, die in keinem gutsortierten Regal fehlen dürfen

Um Bildung zu demonstrieren

DANIEL KEHLMANN
Die Vermessung der Welt

JOHN IRVING
Garp und wie er die Welt sah

UWE TELLKAMP
Der Turm

FRIEDRICH DÜRRENMATT
Die Physiker

MAX FRISCH
Stiller

Um Humor zu beweisen

LORIOT
Gesamtausgabe

AXEL HACKE
Der weiße Neger Wumbaba

BASTIAN SICK
Der Dativ ist dem Genitiv sein Tod

TOMMY JAUD
Vollidiot

DIETER MOOR
Was wir nicht haben, brauchen Sie nicht. Geschichten aus der arschlochfreien Zone.

ECKART VON HIRSCHHAUSEN
Die Leber wächst mit ihren Aufgaben. Komisches aus der Medizin

Zum Schlaumeiern

WOLF SCHNEIDER
Deutsch für Profis

HÖCKER
Einspruch! Das Lexikon der Rechtsirrtümer

DIETRICH SCHWANITZ
Bildung: Alles, was man wissen muß

STEPHEN HAWKING
Das Universum in der Nußschale

KONZ
1000 ganz legale Steuertricks

Um zu zeigen, daß man ein echter Querdenker ist

HENRYK M. BRODER
Hurra, wir kapitulieren

HELMUT SCHMIDT
Außer Dienst: Eine Bilanz

JAN FLEISCHHAUER
Unter Linken

HANNES JAENICKE
Die große Volksverarsche

EVA HERMANN
Das Eva-Prinzip

... aber einer mit Herz

JUDITH HERRMANN
Sommerhaus später

ANTOINE DE SAINT-EXUPÉRY
Der kleine Prinz

BENOÎTE GROULT
Salz auf unserer Haut

MILAN KUNDERA
Die unerklärliche Leichtigkeit des Seins

... und Geschmack

EIN GROSSFORMATIGER BILDBAND
aus dem Hause „Taschen"

COOL HOTELS EUROPE
aufgeschlagen auf einer Doppelseite, die einen von Phillippe Starck entworfenen Frühstücksraum zeigt

MUSS MAN GESE-HEN HA-BEN!

Filme, auf die sich alle Spießer einigen können und die Standardsätze dazu

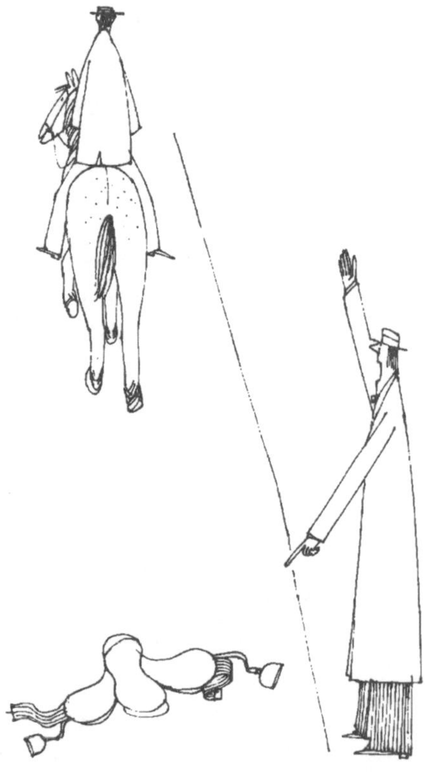

PULP FICTION

„Superkultig, vor allem John Travolta.“ (dazu die Tanzszene mit den Fingern vor den Augen nachmachen)

THE BIG LEBOWSKI

„Superkultig, vor allem die Bowlingszenen.“ (dazu die Szene mit der abgeleckten Bowlingkugel nachmachen)

THE ROYAL TENENBAUMS

„Ach, ich liiiebe einfach alles von Wes Anderson.“

2001 ODYSSEE IM WELTRAUM

„Ach, ich liiiebe einfach alles von Kubrick.“

CITIZEN KANE

„Ein Meisterwerk … warum die DVD noch eingeschweißt ist? Äh, keine Ahnung.“

DIE FABELHAFTE WELT DER AMELIE

„Voll süß, das mit dem Teddybären.“

CASABLANCA

„Aber wußtet Ihr, daß der Satz, ‚Spiel’s noch einmal, Sam‘ in dem ganzem Film gar nicht vorkommt?“

DIE RITTER DER KOKOSNUSS

„Der ist echt superwitzig. Zum Beispiel: Ach, das ist doch nur …“ Alle im Chor: „… ’ne Fleischwunde.“

DAS LEBEN DER ANDEREN

„Endlich mal wieder ein guter Film aus deutschen Landen – auch wenn dieser Florian Henckel von Dingsda mir irgendwie unsympathisch ist.“

DIE „DREI FARBEN“-TRILOGIE

„Aber solche Filme muß man echt im Kino sehen, damit sie richtig wirken …“

TRAINSPOTTING

„Aber solche Filme muß man echt im Original sehen, damit sie richtig wirken …“

Shopping mit System

10 Marken, die nie aus der Mode kommen

Mulberry

1 Gartenzwerge am Eingang und ein Pudel auf dem Laufsteg: Wenn das britische Label Mulberry seine Kollektion präsentiert, fühlen sich die Spießer im Publikum gleich wie zu Hause – sie ertragen es sogar, daß die erste Reihe von Pop-Prinzessinnen wie Lana del Rey und jugendlichen Kleiderständern wie Alexa Chung belegt wird. 1971 gegründet, produzierte das Traditionshaus lange Jahre schlammgraue, spritzwasserfeste Taschenkollektionen für sportliche Reisende und Blumenkleider („Tea Dresses“) für den Sonntagstee bei Tante Harriet, bis es in Vergessenheit geriet. Seit sich internationale Neospießer mangels passender Mode mit hilfesuchenden Blicken gen England wandten, wurde die Marke 2007 mit Hilfe von Emma Hill wiederbelebt. Vom gänsehäutig genarbten Leder in Matschtönen hat man sich mittlerweile verabschiedet. Langzeitspießer tragen diese Taschen mit dem gleichen Stolz herum wie Omas mehrfach prämierten Pudel.

Brooks Brothers

2 Flanellanzüge, Cordhosen, Nachthemden und Button-Down-Shirts: Bei Brooks Brothers, der ältesten Herrenausstatter-Kette der USA, lassen sich seit 1818 Männer einkleiden, die sich am Freizeitlook US-amerikanischer Präsidenten orientieren – oder amerikanische Präsidenten sind. Das Sakko aus Tweed (hier: Sport Coat), diese zart kratzende Alltagsrüstung verwegener Geister, wird bei Brooks Brothers noch als ein eigenständiges Kleidungsstück begriffen: es muß zu gar nichts passen, außer dem Lebensgefühl seines Trägers. Großkariert oder mit Hahnentritt, in dreierlei korrespondierendem Grau oder satten Gewürzfarben, ist es für den Angelausflug mit den Kindern gleichermaßen einsatzbereit wie für den kämpferischen Diskussionsbeitrag im Gentlemens Club. Trägt man dazu Cordhose, kann es passieren, daß man mit Günter Graß verwechselt wird. Dafür darf man dann endlich mal sagen, was sonst keiner auszusprechen wagt.

Band of Outsiders

3 Gelungenes Marketing ist eine Kunst, die Amerikaner oft besser beherrschen als Europäer. Ihnen fehlt die Ehrfurcht vor Ikonen: Wenn sie Baumwollaken bewerben wollen, zeigen sie Mahatma Gandhi, sollen Brillenputztücher verkauft werden, werben sie mit John Lennon. Nur mit gelungenem Marketing allein wäre Band of Outsiders – der Name zitiert einen Godard-Film – aber nicht binnen kürzester Zeit zum Lieblingslabel der Ivy-League-Studenten geworden. Dem US-Designer Scott Sternberg ist es gelungen, schon seine erste Kollektion altehrwürdig aussehen zu lassen. Strickjacken mit Schalkragen und Boots-

Shorts erinnern an Fotos der Kennedys beim Segeln, Lederjakken mit Strickbündchen an Steve McQueen an der Rennpiste. Sternberg selbst wirkt mit seiner Hornbrille und dem Seitenscheitel wie der Mann, den jede Spießerin sofort heiraten würde – wenn er sie nicht so sehr an ihren Bruder erinnern würde.

Barbour

4 Es gibt kein schlechtes Wetter, nur die undichten Jacken anderer Hersteller. Bester Beweis für die wasserabweisenden Qualitäten der englischen Wachsjacken ist die stellvertretende CEO des Familienunternehmens, Helen Barbour, die trotz solider Einkünfte in Northumberland lebt. Dort regnet es so oft wie in Bremen. Seit 1894 werden die Jacken in Handarbeit gefertigt, seit 1974 im Auftrag von Prinz Philip und seit 1982 läßt Elizabeth II. diese an den Hof liefern. Es gibt das Modell Beaufort natürlich auch in anderen Farben als Zimt und Dunkelgrün, aber keinen Grund, es in solchen Farben zu tragen.

Ralph Lauren

5 Der Modemacher Ralph Lauren begann als Brooks - Brothers - Verkäufer, bevor er dem Unternehmen 1967 die Marke „Polo" abkaufte, um seine eigene Linie herauszubringen – getreu dem amerikanischen Motto: „Wenn das Leben Dir Ponys schenkt, mach Millionen daraus." PS kann man schließlich nie genug haben, und Lauren wußte, daß der Reiterstil erst dann endgültig aus der Mode kommen wird, wenn es keine Frauen mehr gibt, die unter den Spätfolgen ihres unerfüllten Kinderwunsches nach einem eigenen Pferd leiden. Neben Polo-

shirts, Gatsby-Tennis-Pullovern, Boardshorts und Jeanshemden verkauft das Unternehmen auch gestrickte Sofakissen und Echtfellauflagen für das Bett, die einen an den letzten Urlaub in der Alpenlodge in St. Moritz oder dem Strandhaus in den Hamptons erinnern. Oder, wenn man nicht Ralph Lauren heißt, an die Fotos, die man in Architectural Digest gesehen hat.

Schiesser

6 „In den 80er Jahren des 20. Jahrhunderts hatte die frühere Bundesrepublik Deutschland die niedrigste Geburtenrate der Welt", schreibt die Deutsche Gesellschaft für Demographie. Man kann das nachvollziehen, wenn man in Fotoalben dieser Dekade blättert. Die schlimmsten modischen Verbrechen wurden jedoch im verborgenen begangen. Laut einer Umfrage der Fachzeitschrift Textilwirtschaft bevorzugte die Mehrzahl der 1989 befragten Frauen „Männer im Tanga“, wahrscheinlich ein Folgeschaden der psychedelischen Drogen, die in den siebziger Jahren kursierten, oder zu vieler Folgen „Magnum“. Daß die Geburtenraten in Stadtteilen wie Prenzlauer Berg in Berlin mittlerweile wieder steigen, ist „Friedhelm“, „Herbert“, aber auch „Greta“ zu verdanken, den Wäschemodellen des Traditionshauses Schiesser, die dort exklusiv vertrieben werden. Gesund, sportlich, sauber und adrett wirken die Doppelripphosen und Makoleibchen nach historischen Vorlagen. Daß die Kinder, die im Einzugskreis dieser Schiesser-Revival-Läden zur Welt kommen, ähnlich wie die Unterhosen der Eltern Gottlieb, Lothar und Johanna heißen, muß nicht unbedingt Zufall sein.

Burberry

7 Vorwärts – Prorsum – steht auf der Fahne des Ritters, der mit erhobener Lanze und heruntergeklapptem Visier jedem im Nacken sitzt, der einen Burberry-Mantel trägt. Trotz dieses offensichtlich kriegerischen Fortschrittswillen fertigt das vom Gabardine-Erfinder Thomas Burberry gegründete Unternehmen seit Ende des 19. Jahrhunderts seine Trenchcoats immer noch in England. Daran konnten weder die Globalisierung noch die Sweatshops im Ausland etwas ändern. Geschadet hat Burberry seine Heimattreue nicht. So stabil steht das Traditionshaus da, daß nicht einmal der Aufruhr um den Kokskonsum von Kampagnengesicht Kate Moss Mitte der 2000er Schaden am Fundament anrichten konnte. Seit 2001 hat sich der Designer Christopher Bailey der altgedienten Marke angenommen. Dank seiner kann man den Trenchcoat mit dem karierten Futter nun online maßschneidern lassen, die neuesten Modelle noch während der Präsentation vom Laufsteg per Mausklick wegbestellen. Ein Visionär wie Christopher Bailey ist der richtige Mann, um auch den letzten papierfanatischen Spießer – vorwärts! – ins digitale Zeitalter zu führen. Denn nur, weil man eine Facebook-Seite hat, heißt das nicht, daß man sich keine Visitenkarten leisten kann.

Aigle

8 Fischen, Reiten, Jagen, Segeln, Gärtnern, Ackerbau – in diese Sparten ist das Sortiment des französischen Gummistiefelherstellers Aigle (sprich Eh-gleu) unterteilt. Ein Paar Aigle zu besitzen, macht, abgesehen vielleicht vom Tennisschuh, eigentlich jedes andere Paar Schuhe obsolet. Der Amerikaner Hiram Hutchinson, ein Unternehmer mit der Weitsicht eines Scharfschützen, gründete das Unternehmen 1853 – nachdem er einem Tüftler namens Charles Goodyear dessen Patent für Gummi abgekauft hatte – in Frankreich. Denn dort ackerten damals noch 95 Prozent der Bevölkerung in Clogs auf dem Feld, die es satt hatten, abends mit nassen Füßen nach Hause zu gehen. Heute erkennt man am Matsch zwischen den Zehen den Hippie. Am Aigle-Stiefel und einem mit Feldfrüchten gefüllten Korb den Spießer.

Sperry Top-Sider

9 Ein Hund ist das einzige Wesen auf dieser Welt, das seinen Menschen mehr liebt als sich selbst. Als Paul Sperry an einem Wintertag seinen Cockerspaniel Prince dabei beobachtete, wie dieser über das Eis tollte, wunderte er sich, warum Prince im Gegensatz zu ihm nicht rutschte. Er rief den Hund zu sich, um sich dessen Pfoten genauer anzusehen: Sie waren überzogen von einem Muster feiner Rillen. Vermutlich sagte Sperry etwas wie: „Feine Pfötchen hast Du! Die werden uns reich machen." Während Prince mit vor Bewunderung feuchten Augen zu ihm aufsah, als wolle er antworten: „Donnerlüttchen! Mir wäre das NIENIENIE eingefallen. Du bist der GRÖSSTE!" Paul Sperry ließ sich die von Prince inspirierte Sohlenkonstruktion umgehend patentieren. 1935 kam der erste Schuh mit Razor-Siping-Sohle auf den Markt: perfekt, um zu segeln oder sicher auf nassen Parkwegen zu spazieren. Bis heute ist der Sperry Top-Sider aus wasserabweisendem Leder, Aluösen und mit Schnürsenkeln aus Rohleder der klassische Regattenschuh – und der Hund die beste Gesellschaft an Deck. Wenn Hunde auch noch die Leitung des Familienunternehmens übernehmen könnten, man bräuchte keine Kinder mehr.

Tod's

10 Dafür, daß nicht nur Amerikaner wissen, wie man einem Produkt ein attraktives Image verpaßt, könnte Diego Della Valle mit seinem Namen bürgen. Die Mehrheit seiner Kunden ist bis heute davon überzeugt, schon Cary Grant und Audrey Hepburn hätten in den fünfziger Jahren Schuhe von JP Tod's getragen. Die teuren Schlappen aus den italienischen Marken gibt es in ihrer genoppten Form aber erst seit den Siebzigern. Della Valle hatte sich von Fotos der beiden Schauspieler inspirieren lassen, die ähnliche Modelle einer anderen Marke trugen – und diese Bilder für seine Werbung genutzt. Geadelt wurden die Latschen letztlich von Prinzessin Diana in den achtziger Jahren. Männer mögen sie dennoch nicht. Dem Argument, es seien die einzigen Schuhe, mit denen man die Kinder sicher zum Ikebana-Workshop fahren kann, können sie jedoch nichts entgegensetzen.

DER TYPGERECHTE KLEIDER-SCHRANK

Ohne diese Kleidungsstücke ist man praktisch nackt

Der Dufflecoat

Man darf sich von der Kinderbuchfigur Paddington Bear nicht täuschen lassen: Der Dufflecoat, den er trägt, ist nichts für gemütliche Bärchen-Typen. Im Zweiten Weltkrieg gehörte der robuste Mantel zur Ausstattung der britischen Marine. Das martialische Kleidungsstück – die Knebelknöpfe waren ursprünglich aus Walroßzähnen – verleiht seinem (Entscheidungs-)Träger natürliche Autorität. Jean Paul Sartre wurde im Dufflecoat zum Vordenker einer Nation. Nach Jane Fondas Pfeife tanzten die Massen.

Der Aran-Pullover

Der Pullover mit dem auffälligen Muster stammt ursprünglich von den Aran-Inseln. Irische Fischer trugen ihn bei ihrer Arbeit. Die Muster haben unterschiedliche Bedeutungen: Die Frauen strickten Zöpfe und Rauten als Symbole für Sicherheit auf See und reichen Fang. Das Zickzack steht für die Küstenlinie, zu der die Fischer zurückkehren sollten. Da die Pullover kratzten und wegen der unbehandelten Wolle nach Schaf rochen, kann man es den Fischern nicht verdenken, daß diese lieber auswanderten, um Marketingmanager oder Werbefotografen zu werden, als zu ihren strickenden Frauen zurückzukehren. Die Frauen wiederum verkaufen die überzähligen Pullover bis heute an Manufactum.

Die Steppweste

Ein ideales Kleidungsstück, um die Kinder vom Bratschenunterricht abzuholen. Abwaschbar, wenn die Kleine einem in den Nacken kotzt, weil man zu sportlich gefahren ist; wärmend, wenn man das Verdeck nicht schließen kann, weil die Kosmetikerin erst in letzter Minute mit dem Lackieren der Nägel fertig geworden ist. In Waldgrün und kombiniert mit einer braunen Jeans schützt sie sogar vor dem suchenden Blick der Lehrerin, die „nur kurz ein paar Worte mit der Mami wechseln" will – sofern die Lorbeerhecke vor der Schule nicht schon von anderen Müttern besetzt ist.

Das Ringelshirt

Jeder der 21 Streifen des bretonischen Matrosenshirts steht – angeblich – für einen Sieg Napoleons. Bis heute gehört es zur Uniform der französischen Marine, auch wenn Napoleon – angeblich – nicht mehr deren Anführer ist. Zum Siegeszug verhalfen dem Ringelshirt auch weniger die Kanonen der Flotte, sondern Künstler wie Pablo Picasso oder Modeschöpfer wie Coco Chanel, die das Shirt, das seit 1850 von und in Saint James in der Normandie hergestellt wird, in Weiß-Blau oder Blau-Weiß (das ist ein Unterschied!) bei Strandausflügen trugen. Jean-Paul Gaultier ließ sich von den Bretonenstreifen zu einem bodenlangen Abendkleid mit Federn inspirieren, das jeden Betrachter seekrank werden ließ. Die Marine greift leider nie dann ein, wenn man sie braucht.

Der Lederflicken

Das Leben kann rauh sein. Wer einmal eingekesselt von Touristen auf einem Flohmarkt hilflos zusehen mußte, wie die lange gesuchte Aldo-Londi-Vase am nur vier Meter entfernten Stand an jemand anderen verkauft wird, der weiß das. Da hilft kein Rufen, kein höfliches „Dürfte ich bitte mal vorbei, Gnädigste?" Der Lederflicken am Ellbogen ist für solche Momente erdacht worden. Er ist Rüstung und Waffe zugleich. Und er hat Tradition, denn schon unsere Vorfahren trugen Lederflicken am Körper – weil es noch keine Cardigans und Sakkos gab.

Der Fes

Der Fes (auch: Fez oder Tarbusch) ist eigentlich eine traditionelle Kopfbekleidung des Orients. Die rote Mütze mit flachem Deckel und Quaste konnte lange Zeit nur in der marokkanischen Stadt Fès hergestellt werden, da es nur dort die für die karminrote Färbung erforderliche Schildlaus gab. Erst mit der Erfindung synthetischer Farben fand man Produktionsstätten auch in anderen Teilen der Welt und Fes-Hüte sogar in deutschen Talk-Shows. Seit Henryk M. Broder immer mal wieder im Fes auftritt, ist die runde Kopfbedeckung zum Fetisch deutscher Spießer avanciert, die damit ihre Unangepaßtheit zum Ausdruck zu bringen glauben.

Das Flanellhemd

Millionen amerikanischer Kuhhirten können sich nicht irren? Die Kühe sind bestimmt anderer Meinung. Doch der schieren Gewalt, mit der ein Cowboy Herden vor sich hertreibt, Wälder mit Axthieben rodet, Kirchen in Gemeindearbeit errichtet, mit Bären ringt und dabei in sein kariertes Flanellhemd schwitzt, kann man sich nicht entziehen. Jeder Arbeiter auf den weiten Weiden des Herrn sollte eines haben. Und alle internationalen Rumhänger in Berlin-Mitte – denn die sind bekanntlich die allergrößten Spießer.

Der Janker

Opa Alfons war ein guter Esser. Im Sommer konnte man am Strand in seinem Schatten sitzen, im Winter paßte die ganze Familie in seinen Mantel, den er aber nur widerwillig verlieh. Seinen Janker allerdings hat er vererbt – eine zwei mal zwei Meter große wollgewalkte Geste familiärer Zuneigung. Leider sitzt der Janker nicht gut – beim letzten Sonntagsspaziergang konnte man die Wildschweine im Gebüsch lachen hören. Ein neuer muß her, am besten mit Hirschhornknöpfen, das wird den Wildschweinen Respekt einflößen. Frankonia bietet mit dem Hinweis „Kunden kauften auch ...“ dazu das passende Walther Luftgewehr LG3 Young Star P an. Volltreffer!

Der Argyle-Kniestrumpf

Wenn der Alltag zu farblos scheint oder die Beziehung zu eintönig, findet man Hilfe in der Sockenschublade. Kniestrümpfe in psychotropen Kombinationen wie Rosa und Grün oder Orange und Türkis beleben walfischweiße Waden. Fast hätte man im Farbenrausch die geringelten Socken gekauft, hätte der Verkäufer nicht mutig ohrfeigend eingegriffen. Nur solides Argyle kann solche flamboyanten Töne drosseln. Mögen die anderen doch ihr monochromes Leben fristen!

Die Hornbrille

Angesprochen auf seine Hornbrille hätte Erich Honecker vermutlich geantwortet, man habe damals ja nichts anderes gehabt. Das schwere, dunkle Gestell, das der DDR-Oberspießer über Jahre trug, war zu dessen Lebzeiten bereits ein Auslaufmodell. Es gehörte zum Gesicht des kalten Krieges, man sah es an Herbert Wehner und Henry Kissinger und allen anderen, die nicht die Autorität verleihenden Augenbrauen eines Joseph McCarthy hatten. Insgeheim hofften sie alle auf einen Hollywood-Moment: Eines Tages würden sie die Brille abnehmen, das Haar aufschütteln und die Welt würde ihnen nur noch wegen ihrer Schönheit und nicht wegen ihrer Macht ergeben sein. Funktioniert hat das Haareschütteln außer bei Marilyn Monroe jedoch bei niemandem. Seit Karl-Theodor zu Guttenberg hat es auch keiner mehr versucht.

Aber es ist so praktisch!

13

Spießerutensilien, die in keinem Haushalt fehlen dürfen

ABWISCHBARE TISCHDECKE
für den Gartentisch – soll aussehen wie Spitze, ist in Wirklichkeit aber aufgeschäumter Kunststoff

---

METALLKLEMMEN
mit denen diese Tischdecke festgeklemmt wird – um pavillonartiges Davonfliegen zu verhindern

---

WEISSER GARTENPAVILLON
der beim ersten Windstoß davonfliegt

TISCHMÜLLEIMER
Im Urlaub in der badischen Pension gesehen und für gut befunden.

HANDSTAUBSAUGER
für die kleine Krümelei zwischendurch

GÜRTELLOCHZANGE
Macht sich bereits ab dem ersten Gürtel bezahlt, den man damit selber locht, statt ihn zum Lederwarenfachmann zu bringen.

ANANAS-SCHNEIDEGERÄT
Wie soll man die Dinger denn sonst schneiden? Etwa mit einem, äh, Messer?

BANANENBOX AUS PLASTIK
So kommt der gesunde Snack unzerquetscht im Büro an.

TRINKWASSER-AUFSPRUDELGERÄT
weil nie wieder Kästenschleppen die größtmögliche Glücksverheißung ist

---

SCHALLPLATTENSPIELER
weil Vinyl einfach wärmer klingt

LUFTBEFEUCHTER AM HEIZKÖRPER
Die meisten Erkältungen im Winter holt man sich durch ausgetrocknete Schleimhäute.

SCHLÜSSELBRETT
am besten ganz modern aus Edelstahl

HANDYGÜRTELTASCHE
damit es im Notfall immer griffbereit ist

„Alles schon besetzt, versuchen wir es morgen noch mal!"

KAPITEL V

WELT-GESCHICHTE DES SPIESSER-TUMS

Eine Chronologie

Man wäre gern dabei gewesen

13 Milliarden Jahre v. Chr.

Urknall. Danach sieht's erst mal eine Weile aus wie bei Hempels unterm Sofa. Harte Zeiten für den ordnungsliebenden Spießer.

---

4 Milliarden Jahre v. Chr.

Gott kann das Chaos nicht mehr mit ansehen und sortiert die herumliegende Materie. Die Erde, Heimatplanet des Spießers, entsteht.

---

7 Millionen Jahre v. Chr.

Weil Gott keine Lust hat, immer alleine aufräumen zu müssen, scheucht er die Affen von den Bäumen und gibt ihnen Staubwedel.

---

3 Millionen v. Chr.

Eine wohlbestellte Savanne läßt sich auf allen vieren nicht gut überblicken. Unsere Vorfahren richten sich auf.

200.000 v. Chr.

Die Menschen entdecken das Feuer. Einige von ihnen nehmen das zum Anlaß, um Regeln aufzustellen, wie man sich in der nun beleuchteten Höhle zu verhalten habe.

100.000 v. Chr.
Eine Gruppe Homo sapiens sapiens hat gelernt, sich Fellstreifen mit einem Windsorknoten um den Hals zu binden. Verlacht von den anderen Homo sapiens sapiens, beschließt die Gruppe, nach England auszuwandern. Der Mensch breitet sich über die Erde aus.

20.000 v. Chr.
Der Wolf schließt sich dem Menschen an und wird zum Hund. Dabei ist der Dosenöffner noch gar nicht erfunden.

10.000 v. Chr.
Der Mensch erlernt den Ackerbau und damit, wie man Nahrung anbaut. Die ersten Frauen beginnen damit, Diättips auszutauschen.

10.000 v. Chr.
Die Japaner beginnen zu töpfern. Die ersten Untertassen, Messerbänkchen und Saucieren werden von Archäologen auf nur kurze Zeit später datiert.

5.500 v. Chr.
Der Fund einer Rosenschere und eines Fugenkratzers aus dieser Periode legt nahe, daß in Mesopotamien das Zeitalter der Metallverarbeitung begann.

3.000 v. Chr.
Mangels Kühlschränken entwerfen die Ägypter die Pyramiden, um darin große Vorräte an Cremant und Cupcakes kalt stellen zu können.

2.800 v. Chr.
Im Orient fragen sich Menschen zu Recht: Warum zu Fuß gehen, wenn man reiten kann?

2.200 v. Chr.
Das Ende der Kupfersteinzeit behindert die Progression der Kochkunst erheblich. Erst 2010 n. Chr. werden Kupfertöpfe wieder in Mode kommen.

1.500 v. Chr.
Weil die frühen Großreichen immer weiter expandieren, kommt es zu den ersten Streits am Gartenzaun. Diese werden akribisch auf Tontäfelchen dokumentiert.

1.000 v. Chr.

Die Phönizier wollen von den kleinlichen Zankereien anderer Völker nichts wissen. Sie gehen lieber segeln.

---

735 v. Chr.

Romulus gründet Rom. Neider behaupten allerdings, mit seiner Geschichte, er sei von Kriegsgott Mars gezeugt und von einer Wölfin aufgezogen worden, habe er sich nur interessant machen wollen, um schneller Zutritt zu Amulius Silvius' Private-Member-Club zu bekommen.

---

600 v. Chr.

Die Olmeken sind fortschrittlich genug, das Ballspiel zu erfinden, aber zu primitiv, um beim Spielen Schläger zu benutzen.

---

500 v. Chr.

Meister Konfuzius prägt den Begriff der Kindespietät: Kinder sollen ihre Eltern ehren. Am besten, in dem sie ihre pickligen, rebellischen Jahre in einem Internat (damals: Kloster) verbringen, damit die Eltern Zeit für ihr Golfspiel (damals: Köpfen) haben.

336 v. Chr.

Der kleine Alex aus Makedonien wird dank des Unterrichts seines eminenten Hauslehrers Aristoteles zu Alexander dem Großen.

---

335 v. Chr.

Weil Diogenes seine Ray-Ban-Brille in seiner Korinther Tonne verlegt hat, begrüßt er Alexander den Großen mit den Worten: „Geh mir aus der Sonne!" Der empörte Alexander beschimpft Diogenes darauf als „Korinthenkacker".

---

334 v. Chr.

Alexander der Große läßt mit 160 Schiffen in der Bucht von Milet die erste Regatta der Geschichte ausrichten.

---

49 v. Chr.

Julius Cäsar überquert den Rubikon, um neue Absatzwege für Parmesan aus der Emilia-Romagna zu erschließen. Die Käsehändler in Rom fühlen sich davon bedroht. Mit „Der Rubikon ist überschritten" auf fremden Mailboxen signalisiert man heute der gegnerischen Partei: „Hör auf, Käse zu verbreiten."

44 v. Chr.
Julius Cäsar wird ermordet – die Schlaumeier, die seine Sätze (gefallene Würfel, überschrittener Rubikon, „Auch du, mein Sohn Brutus?") bei jeder passenden und unpassenden Gelegenheit zitieren, werden hingegen nie aussterben.

---

7 v. Chr bis 4 n. Chr.
(so genau weiß es ja keiner)
Jesus Christus wird geboren. Weil seine Mutter ihn behandelt wie einen kleinen Gott, entwickelt der Junge schon in seiner Kindheit Neurosen, die ihn sein Leben lang begleiten: unter anderem einen Waschzwang, der auch vor fremden Füßen nicht haltmacht, und eine ausgeprägte Abneigung gegen Geld. Letztere könnte auch nur eine Ausrede gewesen sein, um bis 30 bei seiner Mutter wohnen bleiben zu dürfen. Als diese ihn endlich vor die Tür setzt, beginnt der junge Mann eine beispiellose Karriere als Wanderprediger. Bis heute halten sich Menschen weltweit an die von ihm aufgestellten Regeln. Nur sein Ausspruch „Alles Schlampen, außer Mutti" ist ein wenig in Vergessenheit geraten.

---

100 n. Chr.
Zwischen dem römischen Kaiserreich im Westen und dem chinesischen Kaiserreich im Osten floriert der Handel mit Luxusgütern, die von Völkern wie den Parthern hergestellt werden. Daß es eine direkte Linie von den Parthern zum heutigen Modehaus Prada gibt, gilt als genauso strittig wie die These, daß die von China an die Römer gelieferten Poloshirts und Designer-Handtaschen nur billige Kopien waren.

---

165 n. Chr.
Mark Aurel führt als Reaktion auf die Antoninische Pest die Mülltrennung ein. Die Tonnen für Altpapier, Biomüll und Altglas sind noch nicht farblich gekennzeichnet, sondern mit römischen Ziffern.

---

770 n. Chr.
Weil dem Franken Karl die heimischen Weine zu sauer sind, weitet er seine Anbaugebiete aus – allerdings ohne die Bauern Aquitani-

ens (Bordeaux), Pavias (Lambrusco) und Sachsens (Goldriesling) zu fragen. Der europäischen Weinkultur ist das dennoch so förderlich, daß Karl zu Lebzeiten den Beinamen „der Große" erhält und Papst Paschalis III., ein wahrer Connaisseur, ihn heiligspricht.

1346 n. Chr.

Die Seidenstraße entwickelt sich zu einer wichtigen Handelsroute. Neben der Pest bringen die Händler aus dem fernen Osten eine zweite Seuche mit nach Europa: Yoga.

1431 n. Chr.

Johanna von Orleans kämpft an vorderster Front für die Gleichstellung von Mann und Frau. Beim Kirchentagcamp in Rouen verheddert sie sich dummerweise in den Trägern ihrer Latzhose und fällt ins Lagerfeuer. Die Hexe.

1440 n. Chr.

Heinrich VI. gründet das „King's College of our Lady of Eton" als wohltätige Geste: 70 Schülern aus prekären Verhältnissen soll eine kostenlose Schulbildung zuteil werden. Heute ist das Eton College ein Elite-Internat mit über 9.000 Pfund Gebühren pro Trimester. So kann's gehen.

1444 n. Chr.

Nachdem Johannes Gutenberg den Buchdruck erfunden hat, sind die Mönche nicht mehr den ganzen Tag lang damit beschäftigt, die Bibel handschriftlich zu kopieren. Ihre neugewonnene Freizeit nutzen sie, um möglichst viele strenge Verhaltensregeln aufzustellen und zu gärtnern.

1480 n. Chr.

Die Spanische Inquisition ist eines der ersten Beispiele für gutes Regionalmarketing (vgl. Parmaschinken, Champagner, Bündnerfleisch). Von der Portugiesischen Inquisition – obwohl kaum weniger brutal – spricht so gut wie niemand.

1492 n. Chr.

Kolumbus entdeckt Amerika und bereitet so den Weg für den Siegeszug des karierten Flanellhemds (→ Spießers Kleiderschrank).

1498 n. Chr.
Vasco da Gama entdeckt den Seeweg nach Indien. Bereits von seiner ersten Tour bringt er zur Freude der Europäer einen Fat Free Chai Latte mit.

1509 n. Chr.
Die Regentschaft von Heinrich VIII. beginnt. Der bindungsunfähige König führt das Prinzip der seriellen Monogamie ein, das sich erstaunlicherweise durchgesetzt hat. Seine Frauen macht seine unstete Art allerdings völlig kopflos.

1588 n. Chr.
Die spanische Armada scheitert an der Eroberung Englands. Die spanischen Generäle schieben es auf die ungewohnte Eigenart der Engländer, auf der linken Seite des Ozeans zu segeln. Der Linksverkehr bleibt der Welt durch den Sieg der englischen Flotte dauerhaft erhalten – ebenso andere Inselkauzigkeiten wie Bohnen zum Frühstück und übermäßiges Teetrinken.

1618
Beim Polieren der Fenster des Alten Königspalastes in Prag mit Fensterleder (feinste Chamois-Qualität!) stürzen zwei königliche Statthalter und ein Kanzleisekretär in die Tiefe. Fremdeinwirken kann nicht ausgeschlossen werden. Es gibt Krawall.

1620
Die Pilgerväter setzen mit der „Mayflower" von Plymouth nach Cape Cod über. Ihre Ankunft feiern sie fortan mit Thanksgiving. Der Feiertag ist eine Art Erntedankfest, bei dem üppig gegessen wird. Traditionell begnadigt der US-Präsident einen Truthahn, um daran zu erinnern, daß unter den ersten Siedlern einige Verbrecher waren, die in den USA eine neue Chance bekamen. Die immer gleichen Familienstreits bei Tisch symbolisieren die Auseinandersetzungen zwischen Siedlern und Ureinwohnern.

1648
Der Dreißigjährige Krieg endet aufs Jahr genau pünktlich.

1665
Nachdem der mit einer Spießerin verheiratete englische Dichter

und Denker John Milton bereits vier Schriften über Ehescheidung veröffentlicht hat, vollendet der undankbare Kerl seinen Epos „Das verlorene Paradies". Nach dem Tod seiner Frau schreibt er die Fortsetzung: „Das wiedergewonnene Paradies".

1710

Der sächsische Porzellansammler August macht sich dankenswerterweise für die Porzellanproduktion in Meißen stark. Fortan nennt man ihn August den Starken.

1730

Im Rahmen seiner Teegesellschaft Zeithainer Lustlager läßt August der Starke einen Christstollen von 1,8 Tonnen backen – ein Höhepunkt der Patisserie-Geschichte.

1745

In Frankreich schickt sich Denis Diderot, der vor allem durch subversive Schriften und eine frühe Version der „Vagina-Monologe" auf sich aufmerksam gemacht hat, an, Europa nun anhand einer umfassenden „Encyclopédie" aufzuklären. Das Werk wird kontrovers diskutiert und begründet eine Art europäische Ethik. Daß man in Europa immer noch Menschen in Socken und Sandalen sieht, legt nahe, daß die von Voltaire beigesteuerten Texte zu Esprit, Éloquence und Élégance nicht genügend Beachtung fanden.

1773

Die Boston Tea Party ist ein schwarzer Tag in der Geschichte der USA: Die einen trauern über all den Tee, der ins Hafenbecken geworfen wurde – die anderen sind beleidigt, daß sie niemand zur Teeparty eingeladen hat.

1776

Thomas Jefferson erreicht mit der Unabhängigkeitserklärung die Loslösung der USA von Großbritannien – und bringt damit die Amerikaner um ihren Fünfuhrtee mit Gurkensandwiches, um gepflegte Aussprache und um Zugriff auf die englischen Reserven an reinrassigen Corgies.

1780

Unter den jungen männlichen Adligen Europas wird es Mode, Reisen zu Bildungszwecken zu unternehmen. Diese Reisen sind eine Weiterentwicklung der mittelalterlichen „peregrinatio academica", dem Besuchen mehrerer Universitäten. Die adligen Eltern sind erleichtert, weil sie ihre Schlösser endlich wieder für sich haben.

1789

Ein Mangel an Kitaplätzen sorgt für Unmut beim französischen Volk. Die wenigen vorhandenen Plätze werden nur gegen Bezahlung vergeben, ohne Beziehungen steht man oft Jahre auf der Warteliste. Der gutgemeinte Ausspruch Marie-Antoinettes „Sollen sie doch zu Hause erziehen" führt zum Sturm auf die größte Pariser Tagesstätte Bastille. Historiker sind sich einig, daß die Einführung eines Betreuungsgeldes dies hätte verhindern können.

1814

Napoleon emigriert nach Elba. Es gibt schlimmere Orte. Allein die lokale Spezialität Cacciucco, eine Suppe mit Fisch und Meeresfrüchten, hilft einem locker über die ersten drei bis vier Jahre.

1815

Ganz Europa geht auf einen Sonntagsspaziergang, der leider 1848 endet. Carl Spitzweg malt das Bild dazu. Der Biedermeier ist die Blütezeit des Spießertums, lediglich die Bionade fehlt noch.

1861

Der amerikanische Bürgerkrieg beendet die Sklaverei und zwingt dadurch zahlreiche amerikanische Bürgerfamilien, plötzlich selbst kochen und gärtnern zu lernen. Den Bürgerfamilien der Gegenwart liefert er ein anderes Hobby: Das Nachschneidern von Südstaaten-Uniformen und das Nachspielen von Schlachten auf amerikanischen und deutschen Wiesen.

1867

Mit „Harper's Bazaar" kommt die erste Modezeitschrift der USA auf den Markt. Ihr Motto: „Für Frauen, die die ersten sind, die das Beste kaufen."

1885

In England wird der National Trust gegründet, ohne dessen Cottages, Leuchttürme und Herrenhäuser stilvolle Ferienhausurlaube bis heute nicht denkbar wären.

1900
Sigmund Freud veröffentlicht „Die Traumdeutung". Dank der von ihm begründeten Psychoanalyse wissen Hausfrauen in aller Welt endlich, was sie mit ihrer Freizeit anfangen sollen.

1914
Erzherzog Franz Ferdinand wird in Sarajevo ermordet. Das Attentat gilt nicht nur als Auslöser für den Ersten Weltkrieg, sondern freut bis heute alle Tierschützer. Denn der Erzherzog war ein besessener Jäger und erlegte im Laufe seines Lebens 274.511 Stück Wild. Darunter, bei Großwildjagden auf seinen langen Weltreisen, viele exotische Tiere wie Tiger, Löwen und Elefanten.

1929
Der „Schwarze Freitag" an der Börse läutet die Wirtschaftskrise ein. Die goldenen Zwanziger – mit meterlangen Zigarettenspitzen, Art déco und Charleston – sind erst mal vorbei.

1933
Der Maler Adolf Hitler, der unbedingt 1. Vorsitzender der Laubensiedlung „Deutschland" werden will, erhält den Posten als Folge einer Reihe fataler Fehlentscheidungen.

1939
Hitler erweitert die Laubensiedlung ungebeten um die benachbarten polnischen Parzellen der Kleinstaaten-Kolonie „Europa". Es kommt zu einem gewaltigen Streit am Gartenzaun, in den nach und nach nicht nur die komplette Kleinstaaten-Kolonie, sondern auch die Vereinigten Schrebergärten von Amerika und die Steingartengesellschaft Japan hineingezogen werden. Lediglich die Schweizer halten sich raus. Ihr Grundstück ist von derart hohen Kompostbergen umgeben, daß sie nicht mitbekommen, was bei den Nachbarn los ist.

1945
Die Vereinigten Schrebergärten von Amerika bedecken den Steingarten der Japaner mutwillig mit zwei großen Kompostladungen.

Alle beteiligten Gärtner sind darüber so erschrocken, daß sie ihre Streitereien vorerst einstellen.

1961
Das friedliche Miteinander währt nicht ewig. Die östlichen Parzellen grenzen sich durch einen „anti-anthroposophischen Schutzwall“ von ihren westlichen Nachbarn ab.

1963
John F. Kennedy wird erschossen und der britische Kriegsminister mit einer Prostituierten erwischt. Spießerliebling Billy Joel faßt es in seinem total verrückten Geschichte-mal-ganz-locker-Song „We Didn't Start The Fire“ einprägsam zusammen: „Pope Paul, Malcolm X, British politician sex/JFK, blown away, what else do I have to say“.

1968
Spontis auf der ganzen Welt versuchen die freie Liebe einzuführen, die Frauen gleichzustellen und Schlaghosen salonfähig zu machen. Niemand hat sie darum gebeten.

1969
Neil Armstrong und Buzz Aldrin stellen bei der Mondlandung eine Fahne auf – und einen Gartenzwerg mit Cowboyhut. Weil letzterer nie in den Filmaufnahmen des Ereignisses zu sehen ist, diskutieren Verschwörungstheoretiker bis heute darüber, ob die Amerikaner wirklich auf dem Mond waren.

1980
John Lennon wird erschossen. Sein Friseur hatte ihn oft genug wegen der langen Haare gewarnt.

1981
„The Official Preppy Handbook“ – unverzichtbares Utensil für den anglo-amerikanischen Spießer, landet auf Platz eins der Bestsellerliste der New York Times.

1985
Der Film „St. Elmo's Fire“, in dem Rob Lowe, Demi Moore und Andrew McCarthy eine befreundete Gruppe Collegeabgänger spielen – gewissermaßen die Filmvorlage für „Generation Golf“ – kommt in die Kinos.

1986

Aufgrund der Atomkatastrophe in Tschernobyl steigen die Steinpilzpreise auf Jahre ins Utopische. Davor hat Gudrun Pausewang in ihrem Lehrerlieblingsbuch „Die Wolke“ natürlich nicht gewarnt.

1989

Damit auch der ostdeutsche Teil der Bevölkerung bei Manufactum bestellen kann, läßt Helmut Kohl die Mauer öffnen.

1990

Tim Berners-Lee erfindet das WWW. Nur wenige Jahre später kann man dort Barbour-Jacken kaufen, Websiten über die Zucht von Tuberosen aufsetzen, in Foren über den Rhetorikkurs im Kindergarten diskutieren und Fair-Trade-Händlern gute Bewertungen geben. Kurz: Der Anbruch des Internetzeitalters löst das größte Spießer-Coming-out seit dem Biedermeier aus.

1990

Der Kommunismus in Osteuropa bricht nach und nach zusammen. Um Großgrundbesitzer für den Besuch aus dem Osten zu wappnen, benennt „Land Rover“ den unter diesem Namen etablierten Geländewagen um in „Land Rover Defender“.

1991

Die Sowjetunion löst sich auf. Der Satz „Die Russen kommen“ verliert nicht nur seinen Schrekken, sondern sorgt beim Personal von Filialen der Luxusmarken Louis Vuitton, Gucci und Hermès sogar für regelrechte Begeisterung – und leere Regale.

1991

„American Psycho“ von Bret Easton Ellis erscheint. Der Roman über einen Yuppie-Serienmörder, der Phil Collins verehrt, wird in Deutschland nach seinem Erscheinen von der Bundesprüfstelle für jugendgefährdende Schriften einige Jahre auf den Index gesetzt. Zu Recht: Phil Collins kann man der Jugend wirklich nicht zumuten.

1994

Nelson Mandela wird Präsident von Südafrika. Die Zeit des Apartheidregimes ist damit endgültig vorbei – die Zeit, in der sich deutsche Familien den Sundowner in einer „spottbilligen, aber wunderschönen“ Lodge von den schwarzen Bediensteten bringen lassen, dagegen noch lange nicht.

1997
Prinzessin Diana stirbt. Neospießer in aller Welt wissen auch Jahrzehnte später noch haargenau, wo sie waren, als sie die Nachricht zum ersten Mal hörten.

2001
Weil es an Bord nicht genug Tomatensaft gibt, ereifern sich einige der Passagiere derart, daß ihr Flugzeug vom Kurs abkommt und ein New Yorker Gebäude rammt. Daß eine weitere Maschine danach das Nachbargebäude trifft, liegt an einer Wolke des Parfums „Angel“, die während des Duty-free-Verkaufs ins Cockpit eindringt und den Piloten ohnmächtig werden läßt.

2002
Der Euro wird eingeführt und noch in derselben Nacht der Satz erfunden: „Wahnsinn, wenn man das in D-Mark umrechnet!“

2003
Ein Harvard-Student namens Mark Zuckerberg programmiert eine Webseite namens „Facemash“. Niemand denkt sich etwas dabei.

2013
SPD-Kanzlerkandidat Peer Steinbrück zeigt auf dem Cover des „Süddeutsche Zeitung Magazin“ den Stinkefinger. Deutschland ist außer sich – mehr als über NSA- und NSU-Skandal zusammen.

2014
Das Buch „Der Moderne Spießer“ erscheint. „Ein Meisterwerk“, urteilt die Fachpresse. „Man will es gar nicht mehr aus der Hand legen“, jubeln die Leser, „aber um den Gartenzaun zu streichen, braucht man beide.“

„Wer dafür ist, daß wir darüber lachen, den bitte ich um das Handzeichen!“

An die Cotta'sche Buchhan

Sehr geehrte Frau

fünfundachtzigjähr
Aktivitäten weit ent
Sollte bei der Auswah
Mitwirkung nicht
mitzuveröffentlich
"Der moderne Spiesser

Die Honorierung überla
(vielleicht [redacted] € pro

Mit freundliche

Henry
Karit

ung

11. 10. 2013

e,

bin ich von beruflichen

t.

der Illustrationen meine
orderlich sein, bin ich
g in den Buch
inverstanden.

e ich letztlich Ihnen.
nung?)

Grüßen

Büttner

urist i. R.

WWW.TROPEN.DE

Printed in Germany
Gestaltung und Satz: Herburg Weiland, München
Illustrationen: Henry Büttner
Bindung und Druck: Friedrich Pustet GmbH & Co. KG, Regensburg
ISBN 978-3-608-50320-3

Zweite Auflage, 2014

Bibliografische Information der Deutschen Nationalbibliothek:
Die Deutsche Nationalbibliothek verzeichnet
diese Publikation in der Deutschen Nationalbibliografie.
Detaillierte bibliografische Daten sind
im Internet über *http://dnb.d-nb.de* abrufbar.